科学教育专业系列教材

生命科学通论实验指导

胡兴昌　主编

科学出版社

北　京

内 容 简 介

本书全面、系统地介绍了与《生命科学通论》教材相关的实验基本技能、实验操作步骤和实验方法，既包括传统的生物学实验，如“细胞膜的渗透性”、“果蝇唾腺染色体的制备与观察”等，也适当编排了各系统涉及的常用实验方法，如“花卉快速繁殖方”、“昆虫、植物标本的采集与制作”等。同时本教材选择性地介绍了生物学拓展实验知识和技术、生物学实验设计的基本知识，并安排了实验基本技能训练。全书分为细胞学实验、遗传学实验、动物学实验、植物学实验、微生物学实验、生态学实验、综合性实验以及附录八部分。本书是一本指导普通生物学实验操作技能的参考教材，以面向21世纪生物学的发展趋势及其实际教学的需要为原则编写。

本书可供高等院校普通生物学课程作为教材使用，还可作为中学生物学教学的参考用书，同时也可供从事相关工作的人员作为参考用书使用。

图书在版编目(CIP)数据

生命科学通论实验指导 / 胡兴昌主编. —北京：科学出版社，2011.9
ISBN 978-7-03-032215-9

Ⅰ.①生… Ⅱ.①胡… Ⅲ.①生命科学-实验-高等学校-教学参考资料 Ⅳ.①Q1-0

中国版本图书馆CIP数据核字(2011)第176571号

责任编辑：朱 灵 / 责任校对：刘珊珊
责任印制：刘 学 / 封面设计：殷 靓

科学出版社 出版
北京东黄城根北街16号
邮政编码：100717
http://www.sciencep.com
南京展望文化发展有限公司排版
江苏省句容市排印厂印刷
科学出版社出版 各地新华书店经销

*

2011年9月第 一 版 开本：B5(720×1000)
2011年9月第一次印刷 印张：8 1/4
印数：1—2 200 字数：154 000

定价：25.00元

《生命科学通论实验指导》编写人员

主编： 胡兴昌

编者：（按姓氏笔画排序）

易怀玉　胡兴昌　章　骏　雷小凤

前　言

本实验指导系《生命科学通论》配套教材，因此编写时注重结合《生命科学通论》教材的内容，充分考虑各章节重要内容涉及的相关实验。本书既包括传统的生物学实验如“细胞膜的渗透性”、“果蝇唾腺染色体的制备与观察”等，也适当编排了各系统涉及的常用实验方法，如“花卉快速繁殖方”、“昆虫、植物标本的采集与制作”等，同时本教材选择性地介绍了生物学拓展实验知识和技术、生物学实验设计的基本知识，并安排了实验基本技能训练。本教材对普通生物学实验内容也进行了更新、整合和优化，教材中将过去传统实验中多为验证性的实验改变为技能性和综合性的实验，降低验证性实验比重，增加设计性、综合性实验项目的比重，注重与现实生活的联系，尽可能反映生命科学的特点，较详尽地阐述了普通生物学实验中的基本操作、基本技能和基本理论，力求在培养学生动手能力的同时，培养学生独立思考和综合分析的能力以及创新意识，全面提高学生的综合素质。本教材综合了国内普通生物学目前正在开设的实验内容，内容涵盖基础性实验和综合性实验，既重视基础性和科学性，又适应科学教育专业发展方向，较好地体现本学科的特点与我国科学教育专业的发展方向。全书包括细胞学实验、遗传学实验、动物学实验、植物学实验、微生物学实验、生态学实验、综合性实验以及附录八个部分，共33个实验和8则附录。本教材以面向21世纪生物学的发展趋势及其实际教学的需要为原则编写，全面、系统地介绍了与《生命科学通论》教材相关的实验基本技能、实验操作步骤和实验方法，各校可根据实际情况选取相关实验内容。

本教材除可供科学教育专业学生使用外，还可作为各高等院校理、工、农、医的普通生物学课程教学选择使用，也可作为中学生物学教学的参考用书。

在本书编写过程中，得到了陕西师范大学、浙江师范大学、山西师范大学、西北师范大学、宁波大学、广东第二师范学院等院校同行的大力支持，同时还参考了大量国内外学者的著作和论文，在此对这些同行和作者表示感谢。由于水平有限，在编写过程中虽然做了很大的努力，难免会存在一些缺点和不足，恳切希望读者提出指正。

编　者

2011 年 5 月

目 录

第五部分　微生物学实验

第六部分　生态学实验

第七部分　综合性实验

附　录

第一部分 细胞学实验

实验一 生物显微制片

【实验目的】

1. 初步了解显微制片技术。

2. 掌握徒手切片法，并制作临时装片观察。

【实验原理】

显微标本的制作技术是组织学、胚胎学、生理学及细胞学等学科研究观察细胞与组织的生理、病理形态变化的一种主要方法。大多数的生物材料，在自然状态下是不适合显微观察的，也无法看到其内部结构。因为材料较厚，光线不易透过，以致不易看清其结构。另外，细胞内的各个结构，由于其折射率相差很小，即使光线可透过，也难以辨明。但在经过固定、脱水、透明、包埋等手续后就可把材料切成薄片，再用不同的染色方法就可以显示不同细胞组织的形态及其中某些化学成分含量的变化，就可以在显微镜下清楚地看到其中不同的区域组分状态，切片也便于保存，所以是教学和科研中常用的方法。

【实验材料和用品】

1. 实验材料

自选植物叶片。

2. 实验用品

显微镜、刀片、毛笔、培养皿等。

【实验方法与步骤】

生物显微制片有许多不同的方法，一般可分为非切片法与切片法两大类：非切片法有涂片、铺片、压片、磨片、整装片等。切片法包括石蜡切片法、火棉胶切片法、冰冻切片法等。显微制片技术虽是生物学中很基本的操作技术，但由于生物材料的个体差异，化学试剂的多样性，因此操作技术相当细致而复杂，方法也很多，每一步骤的失误都可能导致整体的失败，因此需要耐心细致，不断总结经验，才能得到较好的结果。

1. 非切片法

操作简单快捷，其中铺片法、封藏法可使原有组织结构不被破坏，涂片法、压片法弥补了用包埋、切片法不可能观察清楚的不足,因此是显微标本制备中常用的手段。

(1) 涂片法　主要用于血液、精液、尿液、痰液、微生物等不能切成薄片的液态颗粒性材料,可在载玻片上涂成单层细胞,再经固定、脱水、染色等手段制成永久标本。

(2) 铺片法　主要用于动、植物组织的表皮层观察,可活体取待观察动、植物组织,用尖镊子撕去一层表皮,迅速平铺在载玻片上。例如,洋葱表皮细胞的铺片制备。

(3) 压片法　一些较幼嫩的、柔软的材料可将其置于载玻片上,用小解剖刀将其分散,加染料一滴,再盖上盖玻片,用拇指垂直用力挤压,使组织散成一薄片,再进行观察,如植物根尖观察染色体、花粉粒观察发育阶段等。

(4) 离析法　该方法是利用化学试剂使组织的细胞间质溶解,使细胞能分散成单个个体。经染色、脱水、透明即可观察其个体形态,适用于肌肉、叶片、茎等部位。

(5) 磨片　用于很坚硬的组织,如骨和牙。

2. 切片法

切片法是必须依靠手或切片机将组织切成薄片来进行观察的方法,为了能清晰地观察到动、植物的组织结构及细胞形态,必须先经过一系列步骤向组织内渗入某些支持物质,使组织变硬以利于切成薄片,根据所用支持剂的种类不同,可分为徒手切片法、石蜡切片法、火棉胶切法、冰冻切片法等类型,切成薄片后还需要去蜡、染色、脱水、透明等步骤,将其制成永久标本。

下面以石蜡切片为例,介绍显微标本的制备方法。

(1) 取材　根据不同的实验目的,选择相应的材料,材料要求新鲜、准确、完整,材料要避免挤压、挫伤、干枯。所采集材料应立即放入固定剂,并编号,注明采集时间、地点、名称、组织部位,所取组织块要大小适当,既要能说明问题,又要考虑固定剂的穿透能力。一般组织学取材稍大,细胞学取材稍小,植物组织取材稍小,动物组织取材要稍大。

(2) 固定　动、植物的任何组织部位,要制成切片,首先用化学试剂将其固定,固定的作用在于通过固定剂,在尽量短的时间内使原生质体停止生命活动,并如同生前一样精细地保存其细胞结构,同时易于后步骤的染色,所以良好的固定剂应该具备以下条件:迅速渗入组织杀死原生质体,在短时间内,组织内外完全固定;尽可能避免使组织膨胀或收缩,并且软硬适合于切片;增加细胞内含物的折光程度,易于鉴别,同时增加媒染作用和染色能力。固定液同时是防腐液,使材料不致变质。

(3) 脱水　脱水是用一种既能与水又能与透明液混合的液体来逐渐置换样品中游离的水。现采用的脱水剂一般是丙酮或乙醇来进行梯度脱水,脱水的时间可根据组织的类型、大小而定。

脱水的过程一般是：乙醇30%→50%→70%→80%→90%→100%→100%。

脱水应逐步而不应跨越太大地进行，否则将引起组织强烈的收缩或变形，在经无水乙醇处理时，应保证试剂的纯度。

(4) 透明　透明是用一种既能与酒精又能与包埋介质混合的液体来置换样品中的酒精，从而为最终的包埋创造一个有利的条件。现采用的透明剂一般是二甲苯、甲苯、氯仿等。

其过程为：1/3二甲苯+2/3乙醇混合液→1/2二甲苯+1/2乙醇混合液→2/3二甲苯+1/3乙醇混合液→二甲苯→二甲苯。

二甲苯是使用最广泛的一种透明剂，它具有渗透力强，溶解石蜡量大，又易挥发的优点，其缺点是易使组织收缩、变硬、变脆，因此透明时间应根据组织块大小及质地酌情而定。

(5) 渗蜡　将完成透明步骤的组织块浸入透明剂与石蜡混合液中，不断提高石蜡的比例，直至用石蜡完全置换了组织块中的透明剂，便于今后的包埋与切片。石蜡有液态与固态两种，渗蜡要在恒定温箱(60℃)中进行，以保证石蜡处于液态中。

(6) 包埋　组织块经石蜡渗透后，其内部间隙已完全被石蜡占据，此时还需要用同种硬度的石蜡包埋成蜡块以利于后面的切片，包埋可用相同的器具，也可折叠成一牛皮纸盒。将液态石蜡缓缓倒入纸盒中，再用镊子轻轻将浸好蜡的组织块夹入纸盒，浅埋在石蜡内，待石蜡冷却成固态即包埋完毕。至此，一块组织已完成前期处理过程，可以切片，前面的步骤表明看来既无高深的理论，又无复杂的技术，一切看似简单，但一步做不到都会造成整个制片的前功尽弃。

(7) 切片　① 修块：切片前需修整蜡块，即将包埋好的一大块蜡块切开，使每一小块都含有一块组织，并将这组织周围的石蜡切除，将组织修成一小块蜡块并黏在大小适宜的硬木块上，以便于固定在切片机上。② 贴片：一手持毛笔，一手转动切片机，切片的蜡片连成一长条蜡带，切下的蜡带放在一干净黑纸上，用小刀根据需要切成数段，分别贴在干净载玻片上。在恒温展片台上展平，烘干。

(8) 染色　切片可用不同方法，使其干燥，然后进行染色。因为每一张载片上粘贴的是蜡带，因此必须先用二甲苯去除石蜡再用酒精去除二甲苯，再进入水中，才能染色，染色的方法很多，要根据每个标本要求显示的目的选择不同的染剂，最常用的是苏木精、伊红染色(简称H·E染色)。苏木精使细胞核显深紫色，伊红使细胞质显粉红色，以此显示清晰的细胞形态和核的大小、位置，染色后再根据制片的基本原理，使带水的载片经历脱水→透明步骤，最后用树胶封片。

基本步骤如下：二甲苯×2(脱蜡)→酒精+二甲苯(1∶1)→100%酒精×2→

90%酒精→80%酒精→70%酒精→50%酒精→30%酒精→水→苏木精染色（镜检）→水→50%→70%→90%→0.5%伊红（95%酒精配制）→95%→100%×2→二甲苯：酒精（1：1）→二甲苯×2→树胶封片。

3. 徒手切片法操作

（1）切片前在小培养皿内盛适量清水，并准备毛笔、刀片等用具。

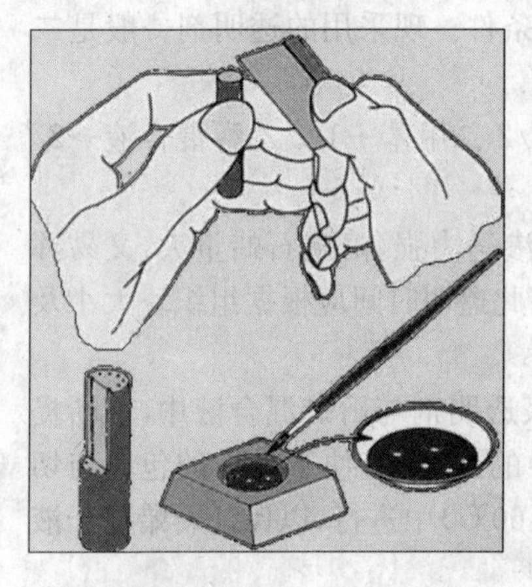

图1-1 徒手切片手势

（2）切片时，用左手的拇指、食指与中指夹住实验材料，大拇指应低于食指2～3 mm，以免被刀片割破。材料要伸出食指外约2～3 mm，左手拿材料要松紧适度，右手平稳地拿住刀片并与材料垂直。然后，在材料的切面上均匀地滴上清水，以保持材料湿润。将刀口向内对着材料，并使刀片与材料切口基本上保持平行，用右手的臂力（不要用手的腕力），刀片平放于左手食指上，自左前方向右后方滑行连续切片。此时，左手的食指一侧应抵住刀片的下面，使刀片始终平整。连续地切下数片后，将刀片放在培养皿的水中稍一晃动，切片即漂浮于水中（图1-1）。

（3）用毛笔从培养皿中挑选薄而透明、平整的切片1～2片放在载玻片中央，制成临时装片。

（4）在显微镜下观察临时装片。

【实验报告】

绘制所观察到的细胞结构图。

实验二 细胞膜的渗透性

【实验目的】

1. 了解细胞膜的渗透性。
2. 了解各种物质进入细胞的速度。

【实验原理】

细胞膜是细胞与环境进行物质交换的选择通透性屏障，是一种半透膜，可选择性控制物质进出细胞。将细胞放在低渗盐溶液中，水分子大量渗入细胞，可使细胞胀破，将细胞放在等渗盐溶液中，由于细胞膜对各种溶质的通透性不同，有的溶质可进入，有的溶质不能进入，进入细胞的溶质能提高细胞的渗透压。由于溶质渗入速度不同，因此，细胞破裂和皱缩现象所需时间长短可作为测量物质进入细胞速度的一种指标。本实验选用红细胞作为细胞膜透性的实验材料，将其放入不同的介质溶液中，观察红细胞的变化。

【实验材料和用品】

1. 实验材料

兔血（或小鼠血、鸡血）

2. 实验用品

试剂：0.17 mol/L 氯化铵，0.17 mol/L 氯化钠，0.17 mol/L 硝酸钠，0.12 mol/L 硫酸钠，0.10 mol/L 草酸钠，0.10 mol/L 醋酸钠，0.32 mol/L 葡萄糖，0.32 mol/L 甘油，0.32 mol/L 乙醇，0.32 mol/L 丙醇。

器具：显微镜、注射器、小烧杯、滴管、试管、试管架、载玻片、盖玻片、秒表。

【实验方法与步骤】

1. 用注射器在兔耳静脉处取血，取小烧杯 1 只，分别加 1 份经肝素抗凝的兔血和 10 份 0.17 mol/L 氯化钠，配成一种不透明的红色液体，即稀释的兔血。

2. 取试管 1 支，加入 10 ml 蒸馏水，然后再加入 1 ml 稀释的兔血，注意观察溶液的颜色变化，溶液由不透明的红色变为澄清，红细胞发生破裂，造成所有红细胞溶血，使光线容易通过。显微镜下观察溶血前后红细胞的形态。

3. 观察红细胞对各类物质的渗透性：取试管 10 支，分别加入上述 10 种试剂各 5 ml，再加入 0.5 ml 稀释的兔血，记下时间，轻轻摇动，混匀后静置于温室中，注意观察是否发生溶血。若发生溶血，将实验结果记录于表 1-1。

表 1-1 红细胞对各类物质的渗透性

编号	溶液种类	是否溶血	溶血所需时间	结果分析
1				
2				
3				
4				
5				
6				
7				
8				
9				
10				

【实验报告】

记录实验观察到的现象，并对实验结果进行分析和比较。

【注意事项】

试管中有红细胞核测试溶液时，不应强力摇晃，以免造成人为的红细胞破裂。

【思考题】

1. 推断下列溶液的溶血反应如何，并做实验证实。

0.10 mol/L 硫酸钾、0.10 mol/L 柠檬酸钠、0.10 mol/L 醋酸钾、0.12 mol/L 氯化镁、0.12 mol/L 氯化钙、0.17 mol/L 氯化钾、0.17 mol/L 氯化铵、0.32 mol/L 甘油、0.32 mol/L 乙醇、0.32 mol/L 丙酮。

2. 比较各低渗、等渗溶液造成红细胞溶血的时间快慢，并分析溶血时间不同的原因。

实验三　细胞质的流动

【实验目的】

1. 观察植物的叶绿体在细胞质基质中的形态和分布、细胞质流动现象，了解影响细胞质流动的因素。

2. 理解细胞质的流动是一种生命现象。

【实验原理】

在多种植物的细胞中都能观察到植物细胞质流动现象，它是细胞活动强弱的重要指标。细胞质流动现象的产生，是细胞骨架中微丝肌动蛋白与肌球蛋白相互滑动的结果，此过程要消耗能量，受各种因素诸如温度、渗透压及各种离子的影响。

【实验材料和用品】

1. 实验材料

紫鸭趾草花丝，黑藻（水王荪、轮叶黑藻）叶。

2. 实验用品

试剂：1 mol/L 氟化钠，1 mol/L 丙二酸钠，0.7 mol/L 2，4 -二硝基酚（DPN）。

器具：显微镜、载玻片、盖玻片、尖头镊子、刀片。

【实验方法与步骤】

1. 取 1 块载玻片，滴 1～2 滴蒸馏水。

2. 用镊子取紫鸭跖草花中的 1 枚雄蕊（图 1－2），迅速置于载玻片上的水滴中，切去花蕊，加盖玻片，用显微低倍物镜（10×）观察。注意花丝周围附着许多“含珠链”状的花丝毛，每 1 粒“念珠”是 1 个单毛细胞。取黑藻叶（图 1－3）用同样的方法观察。

图 1－2 紫鸭跖草花（雄蕊）

图 1－3 黑藻

3. 用高倍物镜（40×）观察，可以看到细胞质中的颗粒和显著的细胞质，细胞质之间是液泡，内含水溶性花青素（anthocyanin）。注意观察花丝毛细胞核的部位，观察哪一部位可见到细胞质流动（图 1－4）及其流动的速度如何。

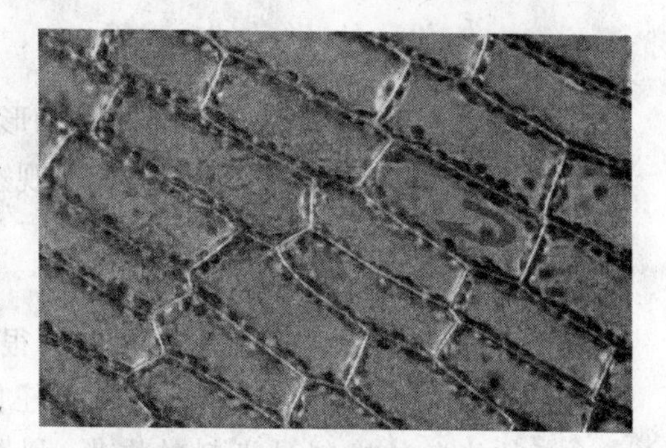

图 1－4 箭头示细胞质流动方向

4. 用吸水纸吸干水，加 1 滴 1 mol/L 氟化钠，观察细胞质停止流动的时间。细胞质停止流动后，用吸水纸吸去氟化钠，滴入清水，注意流动是否能恢复。

5. 依上述操作，加 1 滴 1 mol/L 丙二酸钠或 0.7 mol/L2，4－二硝基酚（DPN）。注意观察细胞质流动速度是否发生改变；用吸水纸吸去药液后，加入蒸馏水，再观察细胞质流动的变化。

【实验报告】

绘制紫鸭跖草花丝细胞的细胞质流动图。

【注意事项】

1. 观察细胞质流动必须是活体材料，因而在观察过程中材料要始终浸在载玻片的水滴中。

2. 观察部位的选择。在外界条件下，同一黑藻叶片不同部位的细胞中细胞质的流动速度不尽相同。由显微镜观察，在黑藻叶片的中轴区域，亦称“中脉”或“中肋”，即叶片中央的一条主脉，通常由多层狭长而壁厚的细胞组成，在此区域及其附近，细胞质流动较快，观察时很容易看到细胞质的流动。

3. 在做此实验时，如果发现细胞质不流动，或者流动很慢，应立即采取措施，加速其细胞质的流动。其方法有三种：一是进行光照，即在阳光或灯光下放置15～20 min；二是提高盛放黑藻的水温，可加入热水将水温调至25℃左右；三是切伤一小部分叶片。

【思考题】

1. 记录加入各种化学试剂后细胞质流动停止的时间，并分析原因。

2. 细胞质的流动，对细胞完成生命活动具有什么意义？

实验四　细胞的活体染色

【实验目的】

1. 观察活细胞内线粒体和液泡系的形态、数量和分布。

2. 掌握细胞活体染色原理、技术及观察方法。

【实验原理】

活体染色是利用某些无毒或毒性很小的染料来显示细胞内某些天然结构，而不影响细胞的生命活动或产生任何物理、化学变化以致引起细胞的死亡。活体染色的机制是染料的堆集，利用染料的“电化学”特性起作用。由于染料（碱性染料）的胶粒表面带有阳离子，酸性染料的胶粒表面带阴离子，而被染部分本身具有阴离子或阳离子，这样，它们彼此之间发生吸引作用，染料就被堆集下来。

活体染料多为碱性染料，如中性红、詹纳斯绿 B、次甲基蓝、甲苯胺蓝、亮焦油紫等，它们解离后带正电，其中有的染料与胞内某些结构产生专一性接合。例如，中性红染液泡系，詹纳斯绿 B 染线粒体。中性红为弱碱性染料，对液泡系（高尔基体）的染色有专一性，只将活细胞中的液泡系染成红色，细胞核与细胞质完全不着色。

【实验材料和用品】

1. 实验材料

人口腔上皮细胞，青蛙胸骨剑突软骨细胞，黄豆根尖细胞。

2. 实验用品

试剂：Ringer溶液、1%中性红溶液和1/3 000中性红溶液、1/5 000詹纳斯绿B溶液。

(1) Ringer溶液

氯化钠	0.85 g
氯化钾	0.25 g
氯化钙	0.03 g
蒸馏水	100 ml

(2) 1%中性红溶液和1/3 000中性红溶液　称取0.5 g中性红于50 ml Ringer溶液中，稍加热(30～40℃)使其很快溶解，用滤纸过滤，装入棕色瓶(1%溶液)于暗处保存，否则易氧化沉淀，失去染色能力。临用前，取已配制的1%中性红溶液1 ml，加入29 ml Ringer溶液混匀，装入棕色瓶备用，即为1/3 000溶液。

(3) 1/5 000詹纳斯绿B溶液　称取50 mg詹纳斯绿B溶于5 ml Ringer溶液中，稍加微热(30～40℃)，使之溶解，用滤纸过滤后，即为1%原液1 ml，加入49 ml Ringer溶解，即生成1/5 000工作液，装入瓶中备用。最好现用现配，以保持它的充分氧化能力。

器具：显微镜、恒温水浴锅、解剖盘、剪刀、镊子、双面刀片；载玻片、盖玻片、吸管、牙签、吸水纸。

【实验方法与步骤】

一、人口腔黏膜上皮细胞线粒体活体染色观察

(1) 滴2滴詹纳斯绿B溶液于清洁的载玻片上。

(2) 实验者用牙签宽头在自己口腔黏膜处稍用力刮取上皮细胞，将刮下的黏液状物放入载玻片的染液滴中，载玻片放在37℃恒温水浴锅的金属板上染色10～15 min(注意不可使染液干燥，必要时可再加滴染液)，盖上盖玻片，用吸水纸吸去四周溢出的染液，置显微镜下观察。

(3) 在低倍镜下，选择平展的口腔上皮细胞，换高倍镜或油镜进行观察。可见扁平状上皮细胞的核周围胞质中，分布着一些被染成蓝绿色的颗粒状或短棒状的结构，即是线粒体(图1-5)。

二、液泡系活体观察

1. 青蛙胸骨剑突软骨细胞液泡系

软骨细胞能分泌软骨黏蛋白质和胶原纤维等，具有发达的粗面内质网和高尔基体，用中性红染色后，能明显地显示出液泡系。

(1) 将青蛙处死，剪取胸骨剑突最薄的部分一小块，放到载玻片上，滴 1/3 000 中性红染液染色 5～10 min。

(2) 用吸管吸去染液，滴加 Ringer 液，盖上盖玻片进行观察。

(3) 高倍镜下可见软骨细胞为椭圆形，细胞核及核仁清楚易见，在细胞核的上方胞质中，有许多被染成玫瑰红色大小不一的泡状体，这一特定区域叫“高尔基区”，即液泡系。

2. 黄豆根尖细胞液泡系

(1) 实验前，在培养皿内置放 1 张潮湿滤纸，让黄豆在上面发芽，培养根长到 1 cm以上。

(2) 用双面刀片小心切根尖一纵切面(1～2 cm)，放入载玻片上的 1/3 000 中性红染液滴中，染色 5～10 min。

(3) 吸去染液，加 1 滴 Ringer 溶液，盖上盖玻片，并用镊子轻轻地下压盖玻片，使根尖压扁，利于观察。

(4) 在高倍镜下，先观察根尖生长点细胞，可见细胞质中有很多大小不等的染成玫瑰红色的圆形小泡，这是初生的幼小液泡。然后由生长点向延长区观察，在一些已分化长大的细胞内，液泡的染色较浅，体积增大，数目变少(图 1-6)。成熟区细胞中，一般只有 1 个淡红色的巨大液泡，占据细胞的绝大部分，将细胞核挤到细胞一侧贴近细胞壁。

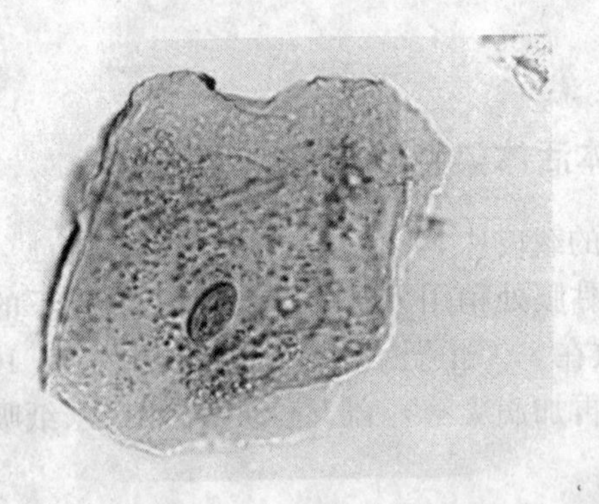

图 1-5　口腔上皮细胞的线粒体分布

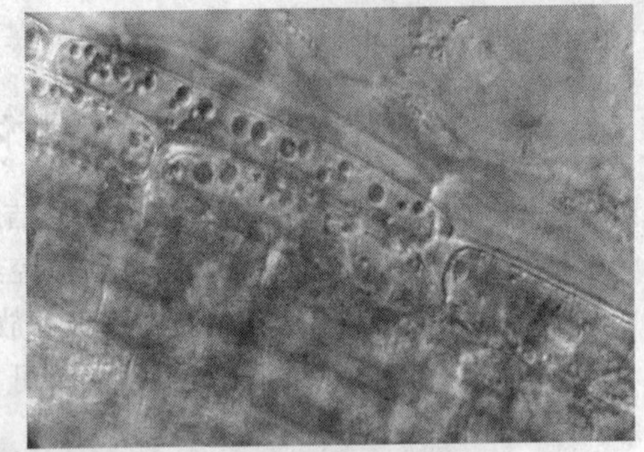

图 1-6　植物根尖液泡的中性红染色

【实验报告】

1. 绘制口腔上皮细胞示线粒体形态与分布。

2. 绘制青蛙胸骨剑突软骨细胞核黄豆根尖细胞液泡系形态图。

【注意事项】

1. 对口腔上皮细胞进行染色时不可使染液干燥，可适当补加染液。

2. 对植物进行观察时一定要让材料尽量展开。

【思考题】

1. 不同类型细胞的线粒体形态和液泡形态有何异同点？与其生理作用的关系如何？

2. 活体染色的生物学意义是什么？

实验五 植物细胞质壁分离与复原

【实验目的】

1. 学会观察植物细胞质壁分离与复原的方法。

2. 理解植物细胞发生渗透作用的原理。

【实验原理】

当细胞液的浓度＜外界溶液的浓度时，细胞液中的水分就透过原生质层进入外界溶液中，使细胞壁和原生质层都出现一定程度的收缩。由于原生质层比细胞壁的伸缩性大，当细胞不断失水时，原生质层就会与细胞壁逐渐分离开来，也就是逐渐发生了质壁分离。当细胞液的浓度＞外界溶液的浓度时，外界溶液中的水分就透过原生质层进入细胞液中，整个原生质层就会慢慢地恢复成原来的状态，使植物细胞逐渐发生质壁分离复原。

【实验材料和用品】

1. 实验材料

紫色的洋葱鳞片叶。

2. 实验用品

试剂：氯化钠溶液（自行配制各浓度），蔗糖溶液（自行配制各浓度）。

器具：显微镜、载玻片、盖玻片、小烧杯、滴管、吸水纸、刀片等。

【实验方法与步骤】

1. 取紫色洋葱鳞叶表皮制成水封片，置显微镜下，先观察表皮细胞的正常状态。

2. 分别用自行配制的氯化钠和蔗糖溶液去滴加不同洋葱表皮水封片。在盖玻片的一侧滴加溶液，在盖玻片的另一侧用吸水纸引流，重复几次，促使溶液渗入盖玻片下方浸没洋葱表皮。

3. 将上述制好的装片放在显微镜下观察质壁分离现象(图 1-7)。

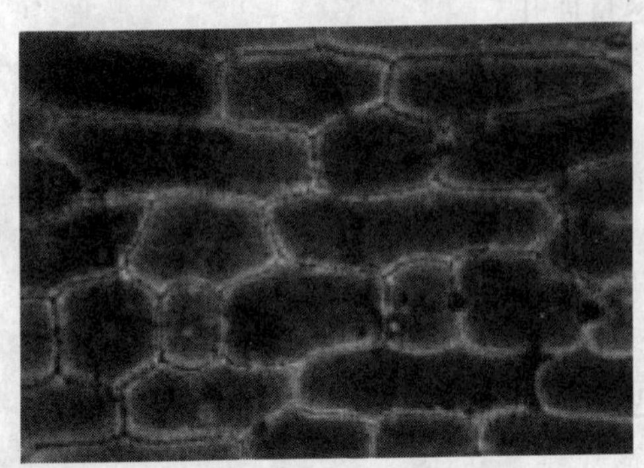

开始质壁分离

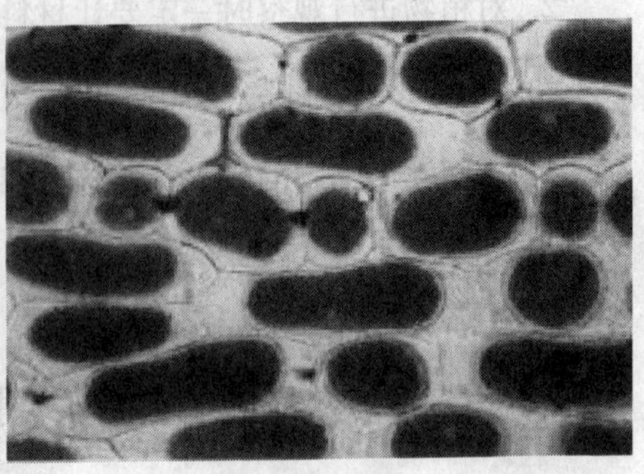

已发生质壁分离

图 1-7　洋葱表皮细胞质壁分离

4. 接着在各盖玻片边缘一侧小心地滴加清水,在另一侧用吸水纸引流,重复几次,使洋葱表皮再浸入清水中,稍等片刻,在显微镜下观察现象。

【实验报告】

1. 绘制植物细胞发生质壁分离图。

2. 填写实验报告,比较氯化钠和蔗糖溶液不同浓度下的植物细胞质壁分离及复原情况(图 1-8)。

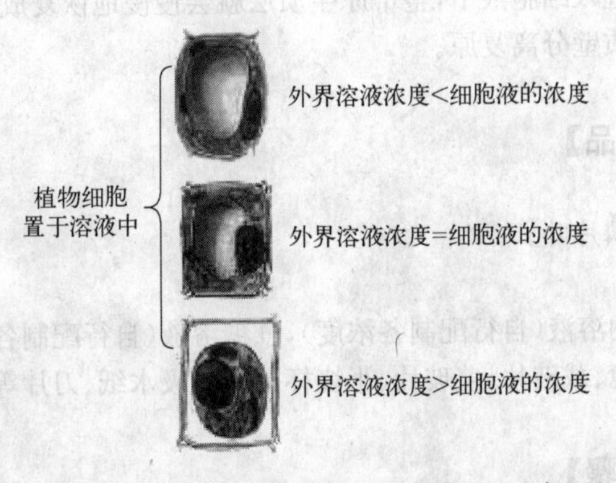

图 1-8　细胞置于不同浓度的溶液中的现象

【思考题】

思考并比较哪种材料做该实验效果最理想,为什么?

第二部分 遗传学实验

实验一 植物细胞有丝分裂的制片与观察

【实验目的】

1. 学习和掌握植物细胞有丝分裂制片技术。

2. 观察植物细胞有丝分裂过程中染色体的形态特征及染色体的动态变化行为。

【实验原理】

有丝分裂是植物体细胞进行的一种主要分裂方式。有丝分裂的目的是增加细胞的数量而使植物有机体不断生长。在有丝分裂过程中,细胞核内的遗传物质能准确地进行复制,然后能有规律地均匀分配到两个子细胞中去。植物有丝分裂主要在根尖、节间、茎的生长点、芽及其他分生组织里进行。将生长旺盛的植物分生组织经取材、固定、解离、染色、压片,可以观察到细胞有丝分裂的全过程。若进行染色体计数,则需进行前处理,即取材之后要用物理的或化学的方法,阻止细胞分裂过程中纺锤体的形成,使细胞分裂停止在中期,这时的染色体不排到赤道板上,而是散在整个细胞核中,便于对染色体的形态、数目进行观察。

【实验材料和用品】

1. 实验材料

洋葱(须根长至 0.5～1 cm)

2. 实验用品

试剂:甲醇、冰醋酸、70%酒精、1 mol/L 盐酸、苯酚、品红、0.5%甲苯胺蓝、山梨醇、福尔马林、蒸馏水、秋水仙素等。

器具:显微镜、盖玻片、载玻片、小烧杯、吸水纸、剪刀、镊子、吸管、恒温培养箱、酒精灯、刀片等。

【实验方法与步骤】

一、植物根尖压片的制备

1. 药品配制

(1) 卡诺氏固定液　95% 酒精 15 ml,冰醋酸 5 ml,混合(也可用纯酒精

30 ml、氯仿 15 ml、冰醋酸 5 ml 混合)。

(2) 0.5% 甲苯胺蓝染液　　甲苯胺蓝 0.5 g,蒸馏水 100 ml,混合摇匀。

(3) 改良碱性品红染液　　该染色液是先配成 a 液,然后再配成 b 液、c 液及工作液,配方如下:

a 液:碱性品红 3 g,70%乙醇 10 ml。

b 液:a 液 10 ml 加 5%苯酚水溶液 90 ml。

c 液:b 液 55 ml 加冰醋酸 6 ml、37%福尔马林 6 ml。

工作液:c 液 10 ml 加 45%冰醋酸 90 ml,山梨醇 1.8 g 混合溶解。

2. 根尖培养及处理

取洋葱鳞茎,剪去老根,置于盛满清水的小烧杯里,使部分鳞茎浸入水中,室温(25℃)或放 25℃左右的恒温箱中培养。约 3~4 d 后,鳞茎长出不定根,于凌晨 0~1 点或中午 12 点左右将根剪下(长约 1 cm),放入 0.05%~0.1%的秋水仙素溶液中,经 2~4 h 后移入卡诺氏固定液中固定。根尖也可剪下后直接投入固定液中,材料经固定 24 h 后取出放于 70%酒精中保存。用 70%酒精保存(4℃冰箱中)的根尖半年后使用仍可保持其观察效果。

3. 解离和压片

将固定后的根尖用清水冲洗后放入盛有少量 1 mol/L 盐酸的小烧杯中,置 60℃热水中(最好在恒温水浴箱中进行)解离 10 min 左右,待根尖发白变软后取出,放蒸馏水中漂洗 30 min,然后移至载玻片上,用吸水纸吸去多余的水分。滴加 0.5%甲苯胺蓝或改良苯酚品红染液 1~2 滴加盖玻片,用铅笔头或指头轻轻敲击(不要挪动标本,使细胞和染色体分散开来,以便观察),见根尖压扁铺开后置于显微镜下观察。

二、洋葱根尖有丝分裂的观察

观察洋葱根尖压片和洋葱根尖切片标本,按图所示观察分裂各期的特点。观察时先用低倍镜找到根尖较前端生长点部位,此处细胞略呈方形,排列紧密,染色较深,该处可见到许多处于不同分裂期的细胞。转换高倍镜观察,可见间期及有丝分裂各期的细胞,如图 2-1 所示。各期特点如下图 2-2 所示。

1. 间期(interphase)

细胞核呈圆形,核膜清楚,核内染色质分布较均匀,呈细网状。由于染色质易与碱性染料结合,故细胞核的染色比细胞质为深。核中可见到 1~3 个染色较浅的呈球状的核仁。

2. 前期(prophase)

核较间期膨大,核内染色质逐渐螺旋化为丝状的染色丝,其后染色丝进一步缩短变粗,形成一定形态和数目的染色体(这时的每条染色体由两条染色单体组成,但在光镜下一般不易看清)，核膜、核仁逐渐消失。

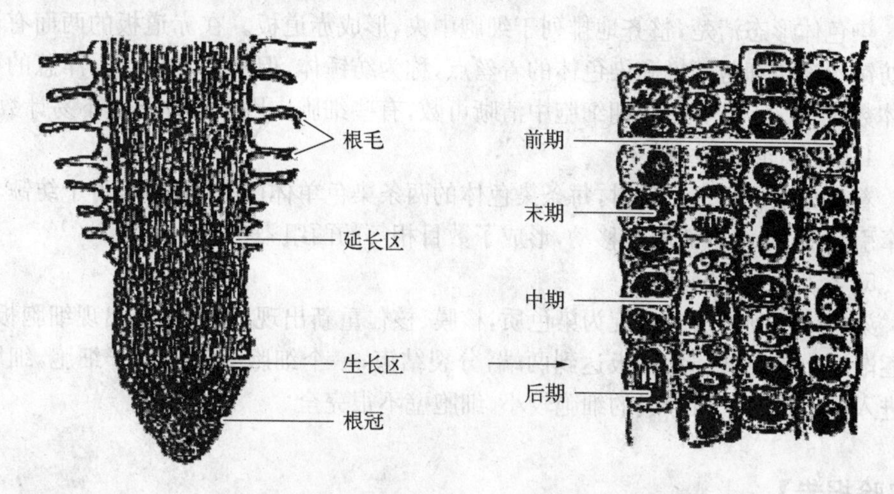

图 2-1 洋葱根尖有丝分裂

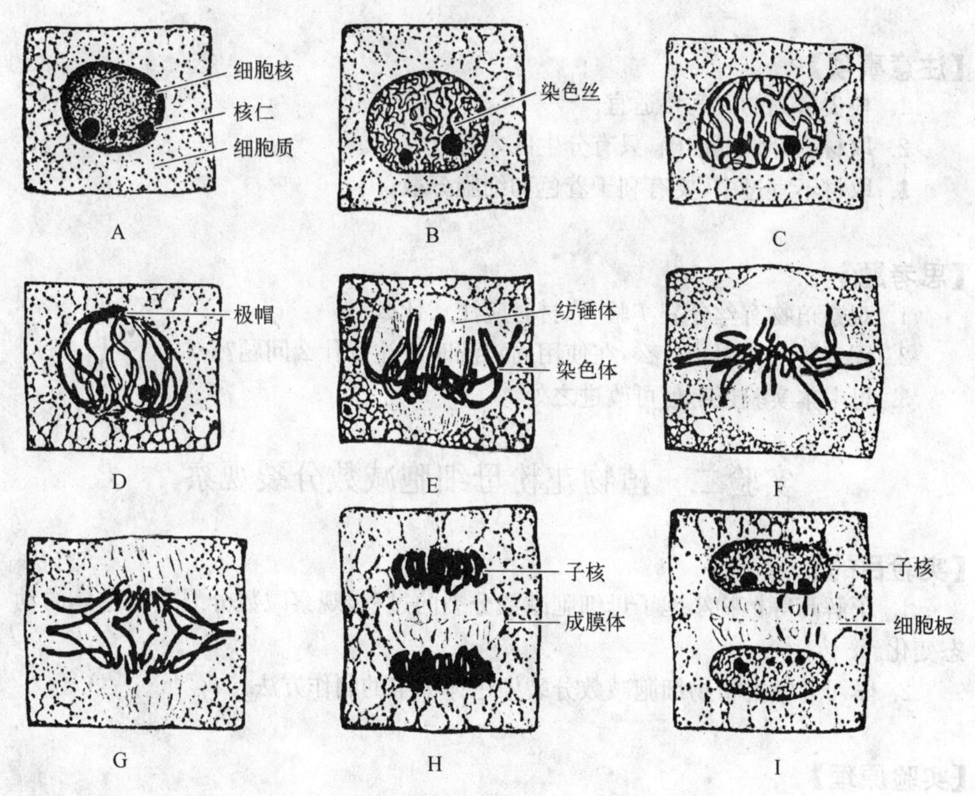

图 2-2 有丝分裂的各个时期

3. 中期(metaphase)

染色体形态清楚,整齐地排列于细胞中央,形成赤道板。在赤道板的两面有许多纺锤丝连接细胞两极和染色体的着丝点,称为纺锤体,但不易观察到。洋葱的染色体数为16条,在有些中期细胞中清晰可数,有些细胞中因染色体重叠不易计数。

4. 后期(anaphase)

着丝粒纵裂为二。这时,每条染色体的两条染色单体已完全分开,由于纺锤丝的牵引,分别向细胞的两极移动,形成了数目相等的两组染色体。

5. 末期(telophase)

染色体移到两极并解旋为染色质,核膜、核仁重新出现,细胞中部出现细胞板,并逐渐向边缘发展。细胞板达到两端,分裂结束,一个细胞变为两个子细胞,细胞又进入间期状态。新形成的细胞较小,细胞壁不很完全。

【实验报告】

绘制植物细胞有丝分裂各时期图。

【注意事项】

1. 根尖解离的时间要适宜。
2. 取材的部位要准确,只有分生区才有分裂相。
3. 取材不宜过多,要有利于着色和细胞分散。

【思考题】

1. 观察植物有丝分裂实验,取材时应注意什么?
2. 固定液的作用是什么,在使用固定液时应注意什么问题?
3. 思考本实验还有何可改进之处。

实验二　植物花粉母细胞减数分裂观察

【实验目的】

1. 了解高等植物小孢子母细胞减数分裂的过程,观察减数分裂中染色体的动态变化。
2. 学习并掌握植物细胞减数分裂染色体标本的制作方法。

【实验原理】

减数分裂是一种特殊方式的细胞分裂,仅在配子形成过程中发生。在这一过程中连续进行两次核分裂,而染色体只复制一次,结果形成四个核,每个核只含单倍体的染色体，即染色体数减少一半，故称作减数分裂。另一个特点是前期特别长，而且变化复杂，包括同源染色体的配对、交换与分离等。性母细胞($2n$)经过减数分裂，形成染色体数目减半的配子(n)。经受精作用，雌、雄配子融合为合子，染色体数目恢复为$2n$。这样，在物种延续的过程中，确保了染色体数目的恒定，从而使物种在遗传上具有相对的稳定性。在减数分裂的过程中，还包含有同源染色体的配对、交换、分离和非同源染色体的自由组合，这些都为遗传学上的分离、自由组合和连锁互换规律提供了细胞学基础，并导致了各种遗传重组的发生，为生物的进化提供了物质基础。

【实验材料和用品】

1. 实验材料

玉米($2n=20$)雄花序。

2. 实验用品

试剂：卡诺固定液[无水乙醇(或95%乙醇)：冰醋酸＝3：1]，醋酸洋红染液(45%乙酸100 ml，加1～2 g洋红煮沸，冷却后过滤，加1%～2%铁明矾水溶液5～10滴；70%、80%乙醇)。

器具：显微镜、解剖器械、培养皿、载玻片、盖玻片、滤纸等。

【实验方法与步骤】

一、制作植物细胞减数分裂玻片标本

1. 取材

在一朵花的减数分裂的全过程中能观察染色体的时间是很短的，一般在终变期、中期Ⅰ、后期Ⅰ。因此，适时取材是观察花粉母细胞减数分裂的关键步骤。北方的玉米5月份取材，时间以上午8:30为好，夏玉米一般在7月份取材，以上午7:00～8:00为好，在玉米雌穗未抽出前的7～10 d手摸植株上部(喇叭口下部)有松软感觉，表面雄花序即将抽出。用刀在顶叶近喇叭口处纵向划一刀，切口长10～15 cm，剥出雄花序，顶端花药长3～5 mm，花药尚未变黄时取材。

2. 固定

(1) 剪下发育适宜的花序，立即放入卡诺固定液中固定2～24 h。

(2) 再经80%和70%乙醇浸泡各半小时，然后保存在70%乙醇中。取幼小花药压片时，可以直接放在醋酸洋红染液中，同时进行固定和染色，但是先经过固定处理的材料，更易于染色、分色和保存。

3. 染色和压片

(1) 取固定好的花序置载玻片上，吸去多余的保存液，用解剖针及刀片解剖出

一个花药，视花药大小横切为 3～4 段(或纵切)。

(2) 加一滴醋酸洋红染液，用解剖针轻压花药，使花粉母细胞从切口出来，静置染色 5～10 min，此时可从不同大小的花中连续取出几个花药，进行同样的染色处理。

(3) 依次将载玻片在酒精灯上来回移动几次轻微加热，同时用解剖针轻微拨动花药以促进着色，进一步去除残存的花药壁，滤纸吸去多余染液。

(4) 加盖玻片，在盖玻片上覆以滤纸，用拇指均匀用力压下，勿使盖玻片移动或压破，然后镜检。

二、观察减数分裂

在显微镜下观察自制的玻片，观察减数分裂各个时期特征。在低倍镜下寻找适当视野，并正确区分处于减数分裂各个时期的花粉母细胞、二分体、四分体以及花粉粒、花药壁残留组织与细胞。一般花粉母细胞大，呈圆形或椭圆形，细胞核大，着色较浅；药壁组织细胞形状较小，比较整齐一致，着色较深；从四分体脱开后的小孢子或幼小花粉粒则大小中等，略呈扇形；成熟花粉粒形状较大，呈半透明状，并具有明显外壳。找到正在分裂的花粉母细胞，转换至高倍镜下仔细观察，鉴别各分裂时期，观察减数分裂各时期细胞特征与染色体的形态结构、数目及行为变化。

1. 减数分裂Ⅰ(图 2-3)

(1) 前期Ⅰ　① 细线期：染色体细长，呈细线状在核内交织成网。每一染色体含两个染色单体，染色体呈丝状。② 偶线期：染色体的形态与细线期差别不大，同源染色体配对，形成二价体，每个二价体有两个着丝点，染色丝比细线期粗。③ 粗线期：染色体螺旋化，进一步缩短变粗，显微镜下可明显看到每个染色体的两个姐妹染色单体。二价体由四个姐妹染色单体和两个着丝粒组成，这时非姐妹染色单体间可发生交换。④ 双线期：染色体更进一步螺旋化，变得更为短粗，更为清晰可见。二价体中的两条同源染色体相互分开出现交叉现象。⑤ 终变期：染色体高度浓缩，染色体均匀分散在核膜附近，此时是检查染色体数的最好时期，核内有多少个二价体，便说明有多少对同源染色体。

核仁和核膜在前期Ⅰ始终存在，在终变期时核仁、核膜开始消失。

(2) 中期Ⅰ　核仁、核膜消失，二价体均匀排列在赤道面上，纺锤体形成。从纺锤体的侧面看，一个个二价体就像一列横队排列在细胞中；从纺锤体的极面看，一个个二价体分散在细胞质中。

(3) 后期Ⅰ　二价体的两个同源染色体分开，由纺锤丝拉向两极。染色体又变成了染色丝状。

(4) 末期Ⅰ　同源染色体分别到达细胞两极，染色体变成了染色质状，核膜、核仁重新出现，形成两个子核，每个子核染色体数目减半为 n。同时细胞质分开形成两个子细胞叫二分体。

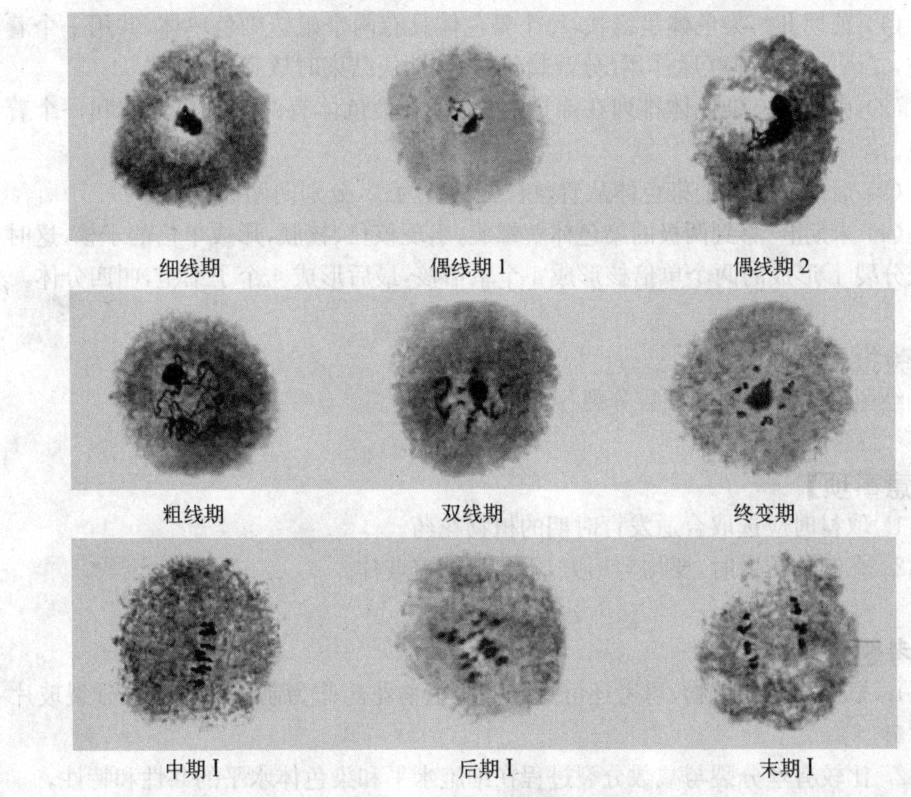

图 2-3　第一次减数分裂各期

2. 减数分裂Ⅱ(图 2-4)

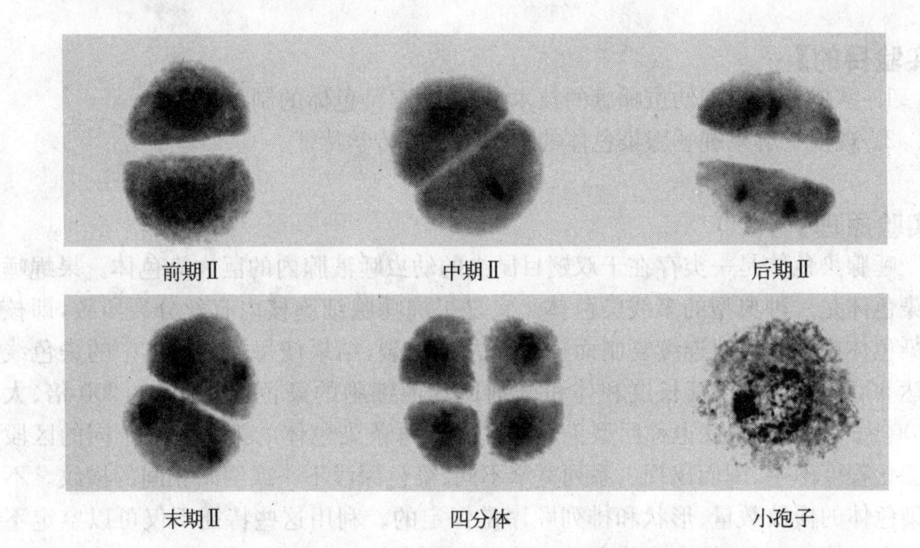

图 2-4　第二次减数分裂各期

(1) 前期Ⅱ　染色体呈线状,每个染色体具有两个姐妹染色单体,共用一个着丝粒,二者间有明显互斥作用(分开趋势)。该期快结束时核膜消失。

(2) 中期Ⅱ　染色体排列在赤道面上,每条染色体有两个染色单体和一个着丝粒。

(3) 后期Ⅱ　每个染色体从着丝粒处分裂为二,分别向两极移动。

(4) 末期Ⅱ　移到两极的染色体解螺旋,出现核仁、核膜,形成单倍的子核,这时减数分裂Ⅰ形成的两个单倍核形成4个单倍核,最后形成4个子细胞,叫四分体。

【实验报告】

绘图说明观察到的减数分裂各个时期的特征。

【注意事项】

1. 取材时应选取合适发育时期的植物花药。
2. 在制作压力时,要均匀用力,不要移动盖玻片。

【思考题】

1. 根据当地的植物,思考还可选择哪些植物花药作为制作观察减数分裂玻片的材料。
2. 比较有丝分裂与减数分裂过程在细胞水平和染色体水平的共性和特性。

实验三　果蝇唾腺染色体的制备与观察

【实验目的】

1. 掌握分离果蝇幼虫唾腺的技术,学习唾腺染色体的制片方法。
2. 观察了解果蝇唾腺染色体的形态学及遗传学特征。

【实验原理】

唾腺染色体是一类存在于双翅目昆虫的幼虫唾液腺内的巨大染色体。果蝇唾腺染色体是一种典型的多线染色体。它是果蝇唾腺细胞核内有丝分裂所致,即核内染色体中的染色线连续复制而染色体并不分裂,结果使每条染色体中的染色线多达500～1 000条,其长度和体积分别比其他细胞的染色体长100～200倍、大1 000～2 000倍,因此也称巨型染色体。由于每条染色体的染色线在不同的区段螺旋化程度不一,因而出现一系列宽窄不同、染色深浅不一或明暗相间的横纹。不同染色体的横纹数量、形状和排列顺序是恒定的。利用这些特征不仅可以鉴定不同的染色体,还可以结合遗传实验结果进行基因定位。此外,由于其体细胞同源染色体的配对，故易于进行染色体的缺失、重复、倒位和易位的细胞学观察和研究。

【实验材料和用品】

1. 实验材料

普通果蝇三龄幼虫。

2. 实验用品

试剂：醋酸洋红，改良苯酚品红染液，生理盐水，1 mol/L 盐酸。

器具：双筒解剖镜、显微镜、镊子、小烧杯、解剖针、载玻片、盖玻片、滤纸等。

【实验方法与步骤】

1. 调试双筒解剖镜

在解剖前要先将解剖镜调试好，调试时，先在载物台上放一张有字的纸作参照，用粗螺旋调节到一个固定位置，以看清载物台纸上的字为准。轻轻转动细螺旋进行调节。

2. 剥离唾腺

选取发育良好、虫体肥大的三龄幼虫，置于载玻片上，并滴加一滴生理盐水（如幼虫带有饲料可先用生理盐水洗净），置双筒解剖镜下检查。首先熟悉幼虫结构，幼虫具一钝尾和带黑色口器的尖头端。在双目解剖镜下左手持解剖针压住虫体中后部，右手持解剖针按住头部（即口器稍后处），轻轻向前拉动，使头部扯离虫体，从而拉出唾腺。腺体为一对囊状结构，位于食道两侧，由单层细胞构成，在解剖镜下成透明状态；腺体侧常有少量泡沫状脂肪体，呈乳白色（图 2-5）。

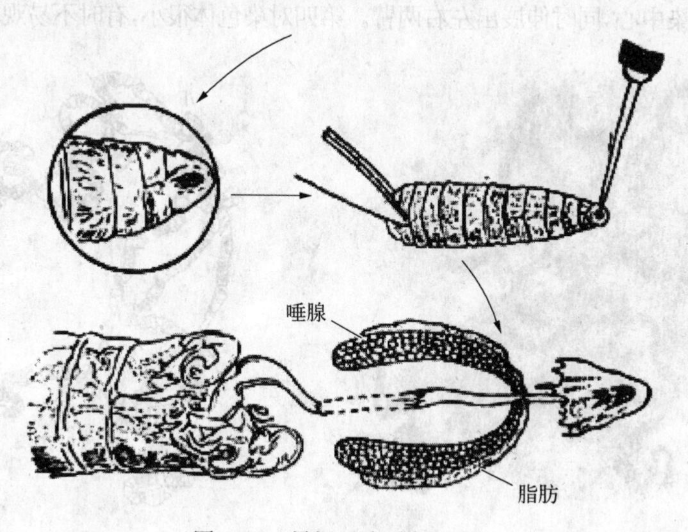

图 2-5　果蝇唾腺剥离示意图

3. 去除脂肪体

果蝇的唾腺上附有乳白色的脂肪体，如不去除，在制片时会在载片上形成大量脂肪滴从而影响制片的质量。在去除脂肪体时，用解剖针的针尖轻轻操作，尽量保持唾腺的完整性。

4. 解离

把载玻片上的幼虫其他部分除去，用吸水纸小心吸去生理盐水（注意吸水纸应离唾腺远些，以免吸附唾腺），加 1 滴盐酸，浸 2～3 min，使组织疏松，以便压片时细胞分散，染色体散开。

5. 染色及压片

用吸水纸吸去盐酸，加 1 滴蒸馏水轻轻冲洗后吸干，加 2 滴醋酸洋红或改良苯酚品红染液，染色 5～20 min（此过程应保持腺体一直处于染液的浸泡中）。盖上盖玻片压片，然后用吸水纸包被盖玻片，吸干多余染色液，并用手指轻压盖玻片，再用铅笔的橡皮头或解剖针柄垂直轻敲，或进一步用拇指在盖玻片上适当用力压片，注意勿使盖玻片移动。用力要合适，将唾腺细胞压破，使染色体伸展开但又没造成染色体的断裂或重叠为最好。

6. 镜检

将制片置于低倍镜下找到分散好的标本，移至视野中心，然后转到高倍镜下观察。对染色体分散、个体性清楚的片子，应仔细观察染色体的横纹数量、形状和排列顺序，以便对照模式照片辨认出不同的染色体臂（图 2-6）。

普通果蝇有 8 条染色体，由于其处在配对状态，所以在镜下只能看到 4 条（4 对）。第一对染色体 X 组成一个长条，第二对与第三对染色体都以各自的着丝粒部位相聚集，形成一个深染中心，同时伸展出左右两臂。第四对染色体很小，有时不易观察到。

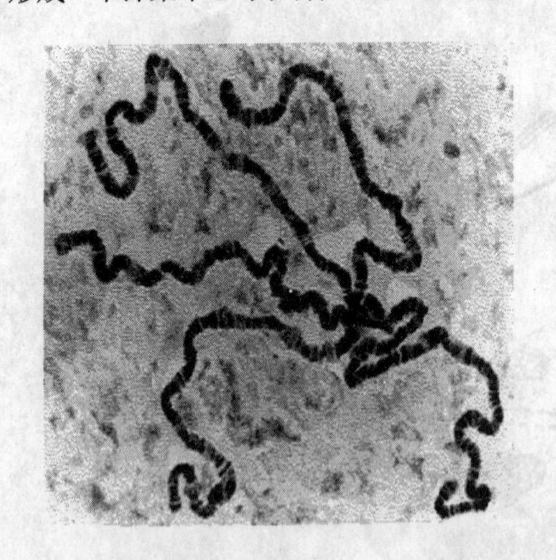

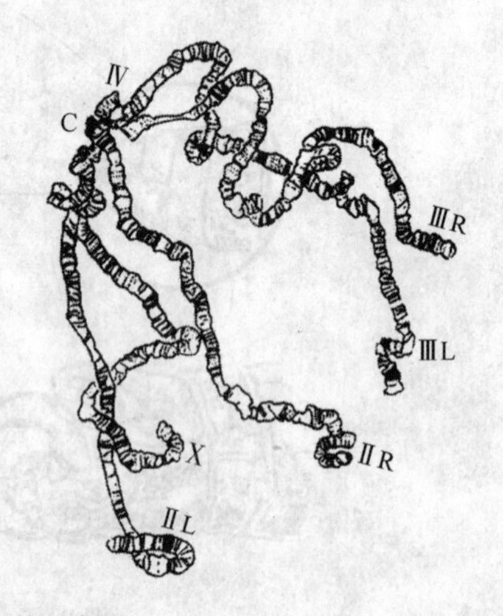

图 2-6　果蝇唾腺染色体示意图

【实验报告】

绘制你所观察到的分散较好的果蝇唾腺染色体图。

【注意事项】

1. 在剥离唾腺时，一定要加生理盐水，否则唾腺易干。
2. 要将唾腺周围的脂肪组织清除干净。
3. 染色时间不可过长，否则背景也着色。
4. 压片，用力要均匀，勿移动盖玻片。

【思考题】

1. 利用果蝇的唾腺染色体可以进行哪些遗传学研究？
2. 就实验中观察到的染色体图加以分析和讨论。

实验四 分离现象的观察与统计

【实验目的】

1. 理解基因的分离规律。
2. 掌握一对相对性状遗传分析的基本思路与方法。

【实验原理】

植物在减数分裂形成配子时，同源染色体上的等位基因随所在染色体的分离而分离，互不干扰地分到不同的配子中去，形成带有不同基因的配子。将具有一对相对性状差异的两个亲本杂交，其 F_1 产生的雌雄配子各有两种，其比例为 1∶1，F_2 的表现型也是两种，其比例为 3∶1。

【实验材料和用品】

1. 实验材料

玉米(糯性×非糯性) F_1 花粉粒，F_1 自交和测交的果穗，玉米(甜×非甜) F_1 自交、测交果穗标本。

2. 实验用品

试剂：1%碘-碘化钾溶液。

器具：显微镜、计算器、解剖针、载玻片、镊子等。

【实验方法与步骤】

1. 观察玉米(糯性×非糯性) F_1 花粉粒性质的分离

从糯稻×非糯稻的 F_1 植株上取将要散粉的玉米雄花花序一枚放在载玻片上，加1滴1%碘-碘化钾液染色，用镊子(或解剖针)将花粉粒压出，散开。除去杂物，盖上盖玻片。在低倍镜下观察各种颜色花粉粒的数量，并记录5～10个视野下蓝色(非糯性)与棕色(糯性)的花粉粒数。

2. 玉米籽粒胚乳质地(甜×非甜)杂种 F_1 自交与测交性状的分离

杂种(甜×非甜)F_1 自交与测交果穗上都有非甜粒和甜粒两种类型的籽粒，非甜籽粒粒形较饱满、光滑，甜粒则整粒呈皱缩状。取自交和测交的两种果穗标本，观察非甜粒和甜粒的特征，按籽粒外形分别计数果穗上非甜粒数和甜粒数。将所观测到的数据填入遗传分析表。

为了验证是否符合分离规律，通常对所观察的资料要进行检验。常用的统计检验方法是适合性 χ^2 检验——判断实际观察的属性分配是否符合已知属性分配理论或学说的假设检验。求得 χ^2 值后，根据自由度 df(即分离类型组数 N 减去1)，查 χ^2 值表，求出概率值 P。再根据 P 值决定实得结果与理论数是否有显著差异。若 $P<0.05$，表示差异显著，实际观察值不符合预期理论数；若 $P>0.05$，则表示差异不显著，即说明实际观察数符合预期理论数。

【实验报告】

统计实验数据，并将实验中的统计结果填入下表。

遗传分析表

项　目	玉　米					
	F_1 花粉粒		F_2 籽粒		测交籽粒	
表现型	糯	非糯	甜	非甜	甜	非甜
观察值(O)						
理论值(E)						
偏差 $d=(O-E)$						
差方 $d^2=(O-E)^2$						
$\chi^2=\sum d^2/E$						
$df=N-1$						
P 值						

【注意事项】

1. 解剖针、镊子等用具在每次用后即投入水中，洗去黏着的花粉粒，以免混杂。

2. 凡畸形瘪皱、特小、发育不良的花粉粒，不能作为鉴别花粉糯与非糯的可靠依据，均不记数。

【思考题】

1. 孟德尔分离规律的实质是什么？

2. 一对基因杂合体的自交后代中，分离出三种基因型的个体，你认为其表现型之比是否一定是 3∶1？

3. 为什么分离现象比显、隐性现象有更重要的意义？

实验五　人类染色体的识别与核型分析

【实验目的】

1. 了解人类染色体的特征，掌握染色体组型分析的各种数据指标。

2. 学习染色体组型分析的基本方法。

【实验原理】

染色体组型又称核型，是指将动物、植物、真菌等的某一个体或某一分类群（亚种、种、属等）的体细胞内的整套染色体，按它们相对恒定的特征排列起来的图像。核型模式图是指将一个染色体组的全部染色体逐个按其特征绘制下来，再按长短、形态等特征排列起来的图像。包括染色体的总数，染色体的数目，组内染色体基数，每条染色体的形态、长度、着丝粒的位置随体或次缢痕等。染色体组型是物种特有的染色体信息之一，具有很高的稳定性和再现性。可通过组型分析进行染色体分组，定性或定量地描述染色体的各种特征。利用这一方法可以鉴别染色体结构变异、染色体数目变异，同时也在探讨动植物起源、物种间亲缘关系，鉴定远缘杂种等方面都有重大意义。

【实验材料和用品】

1. 实验材料

人类体细胞有丝分裂中期染色体放大照片。

2. 实验用品

剪刀、镊子、胶水等。

【实验方法与步骤】

1. 实验步骤

(1) 计数　　统计照片上人类染色体（男性或女性）的数目，然后，将每条染色体分别剪下。

(2) 配对　初步目测配对,分组　按照染色体大小及着丝粒位置,将所有染色体配对并分为7组。调整　仔细观察各个染色体的特征。如果发现有排列顺序不适当的,再进行调整。

(3) 测量　把染色体按一定顺序一对一对地排列,排列时注意短臂向上,长臂向下,性染色体单独排列。测量长度,计算相对长度、着丝粒指数、臂比。

(4) 粘贴　将配对好的染色体排列并粘贴在纸上,每一组下面画一横线,在两端注明起止号,并在横线下的中部写明A~G组号,染色体从大到小编为1~22号,性染色体单独列为一组,最后把染色体贴成一完整的染色体组型图(图2-7,表2-1)。

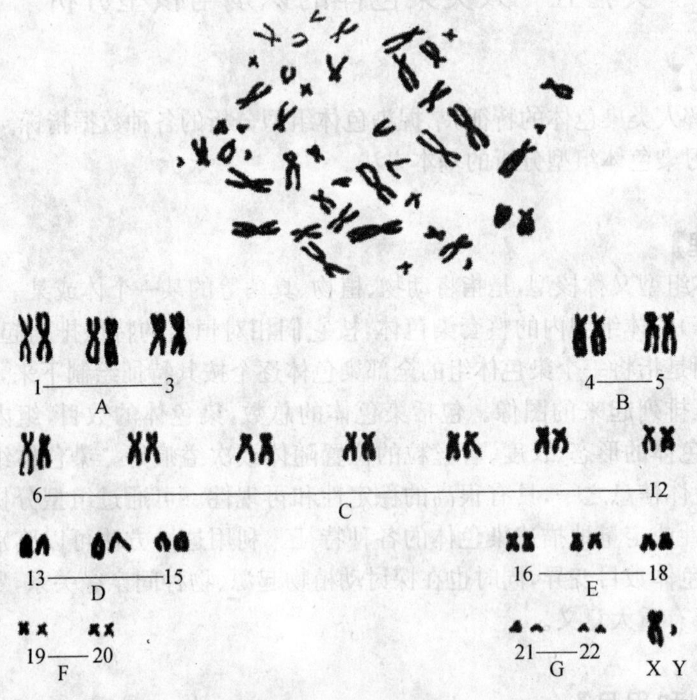

图2-7　正常人体的染色体(男性)

表2-1　人类染色体的分组特点

分组	染色体号码	染色体大小	着丝粒位置	有无随体	说　明
A	1 2 3	最大	中着丝粒 亚中着丝粒 中着丝粒	无	本组内第3号染色体比第1号染色体略小。
B	4~5	次大	亚中着丝粒	无	与C组染色体比较,B组的第4号、第5号染色体的短臂都较短。

续　表

分组	染色体号码	染色体大小	着丝粒位置	有无随体	说　明
C	6～12	中等	亚中着丝粒	无	本组内第6号、第7号、第8号、第11号染色体的短臂较长，第9号、第10号、第12号染色体的短臂较短。
D	13～15	中等	近端着丝粒	有	本组内各号染色体之间难以区分。
E	16 17 18	较小	中着丝粒 亚中着丝粒 亚中着丝粒	无	本组内第18号染色体较第17号染色体短臂更短些。
F	19～20	次小	中着丝粒	无	本组内各号染色体难以区分。
G	21～22	最小	近端着丝粒	有	第21号、第22号染色体的长臂的两条染色单体常呈分叉状，它们之间难以区分。
性染色体	X Y	中等 最小	亚中着丝粒 近端着丝粒	无 无	X染色体属于C组染色体，大小介于第6号和第7号之间。 Y染色体属于G组染色体，两条染色单体的长臂常并拢。

2. 组型分析

(1) 染色体数目。

(2) 染色体形态特征。

(3) 长度：绝对、相对。

(4) 相对长度＝每条染色体的长度/全套染色体长度。

(5) 臂指数＝(长臂长度/短臂长度)×100。

(6) 着丝点指数＝短臂/(长＋短臂)。

(7) 随体的有无。

3. 分组排队原则

(1) 着丝粒类型相同，相对长度相近的分一组。

(2) 同一组的按染色体长短顺序配对排列。

(3) 各指数相同的染色体配为一对。

(4) 可根据随体的有无进行配对。

(5) 将染色体按长短排队，短臂向上。

4. 核型描述

首先列出染色体总数，然后是性染色体组成，接着列出异常的染色体数目或形态。下列统一的命名符号：

A～G　染色体组的名称

1～22　染色体编号

X，Y　性染色体

del　缺失

der　结构重排的染色体

dup　重复

inv　倒位

t　易位

+/−　在染色体符号前表示染色体增加或减少，在染色体符号后表示染色体多出或缺少一部分

【实验报告】

按照 Denver 体制进行分组贴图。

【思考题】

1. 分析自己所剪贴的染色体组型是否属正常，并说明原因。
2. 观察人类染色体的形态结构特点，并总结做好本实验的关键因素。

第三部分　动物学实验

实验一　原生动物实验

【实验目的】

通过对眼虫、变形虫、草履虫等的观察，了解原生动物的主要特征。

【实验原理】

原生动物是最简单、最原始、最低等的动物。原生动物的身体是由单个细胞构成的，既具有一般细胞的基本结构，又具有一般动物所表现的生活机能。它以其细胞质分化形成的各种细胞器来完成全部生命活动，例如用来运动的有鞭毛、纤毛、伪足，摄食的有胞口、胞咽，防卫的有刺丝泡，调节体内渗透压的有伸缩泡等。原生动物的身体微小，一般需用显微镜才能见到。这类动物分布很广，多在海水、淡水以及潮湿的土壤中生活，主要代表有眼虫、变形虫、草履虫等。

【实验材料和用品】

1. 实验材料

眼虫培养液、变形虫培养液、草履虫培养液。

2. 实验用品

试剂：I_2-KI 溶液，5%冰醋酸。

器具：显微镜、载玻片、盖玻片、吸管、吸水纸。

【实验方法与步骤】

1. 眼虫

取眼虫培养液1滴制成临时装片，在低倍镜下观察。眼虫（图3-1）呈纺锤形，前端钝圆，后端尖锐。眼虫借鞭毛的摆动能快速游动，有时会变成圆球形在原地转动。若游动过快，可用吸水纸吸去部分水分，使其固定。在其前端一侧有1红色眼点。加 I_2-KI 溶液将其杀死，可以看清前端有胞口、胞咽和储蓄泡，储蓄泡周围有1至多个伸缩泡。体内有多个载色体。细胞核位于细胞中央。使视野变暗，可以看到从胞口伸出的1根鞭毛。

2. 变形虫

用吸管从材料培养液底部的泥沙里面或从培养液中吸取1滴水液，做成临时装片，用低倍镜观察。变形虫(图 3－2)虫体较小，且几乎透明，在镜下呈极浅的蓝色(应将光线调暗些)，故应仔细留意视野中的小亮点，看它是否缓慢移动。找到 1 个变形虫后，将其移至视野中央，换高倍镜观察，注意要随变形虫的运动而随时移动载玻片，以保持其在视野中。变形虫的质膜极薄，显微镜下不能明确区分。细胞质可清楚地区分为 2 部分，靠近质膜的部分，薄而透明，无颗粒，为外质；中央部分较暗，具颗粒，为内质。在内质中央有 1 个呈扁圆形，较内质略为稠密的结构，为细胞核。变形虫体内可看到一些大小不同的食物泡和伸缩泡。伸缩泡是 1 个清晰透明的圆形泡，时隐时现(注意它的作用)。注意变形虫的运动和伪足形成的过程。

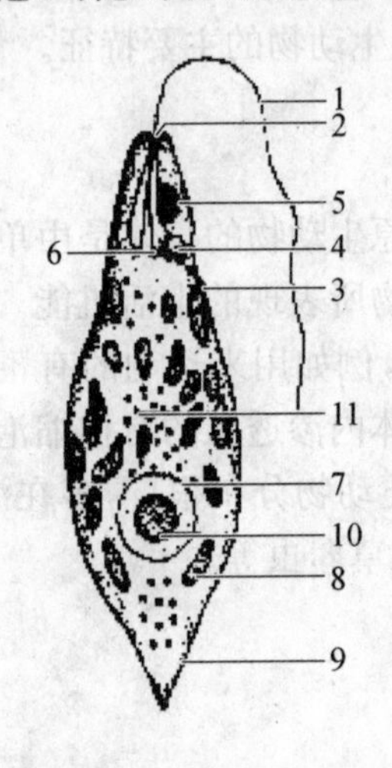

图 3－1　眼虫的结构图

1. 鞭毛；2. 胞口；3. 储蓄泡；4. 伸缩泡；
5. 眼点；6. 基体；7. 细胞核；8. 叶绿体；
9. 表膜；10. 核内体；11. 类淀粉粒。

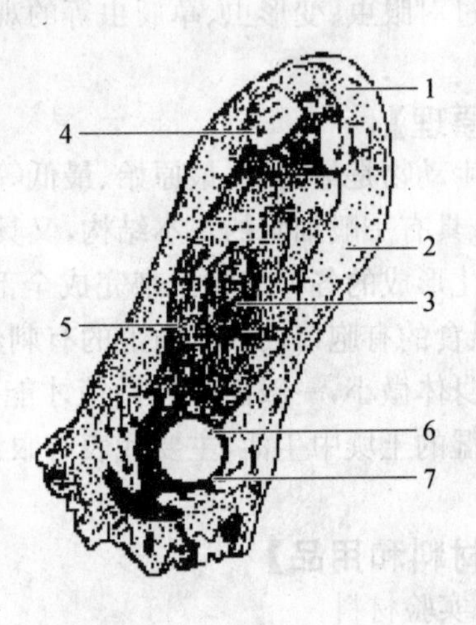

图 3－2　变形虫的结构

1. 透明的凝胶冠；2. 凝胶(外质)；
3. 核；4. 溶胶→凝胶；5. 溶胶(内质)；
6. 伸缩泡；7. 凝胶→溶胶。

3. 草履虫

滴 1 滴草履虫培养液制成临时装片，在低倍镜下观察，可见许多形似草鞋的草履虫(图 3－3)。若其游动太快，可用吸水纸在盖玻片一侧吸去一些水，等静止后，再行观察。

首先分辨出草履虫的前、后端，前端较圆，后端较尖。

选择 1 个比较清晰而不太活动的草履虫，将光线调暗一些观察，可见虫体长满纤毛，并时时摆动。在虫体的前端稍后，有一斜向后直达体中部的口沟，口沟后端有胞口，其下连一短管为胞咽。虫体最外为表膜，有弹性，当虫体穿过棉纤维时，体形可以改变。表膜以内是透明的外质，外质内有椭圆形的刺丝泡。外质以内是颗粒状的内质，里面有食物泡，前后有 2 个伸缩泡，当伸缩泡缩小时，可见其周围有 6～7 个放射状的长形小管——收集管。请注意前、后伸缩泡之间及伸缩泡与收集管之间的收缩规律。它们有何功能？

草履虫有2个细胞核，位于内质里，小核不易看到，在盖玻片一边滴1滴5%的冰醋酸，另一边用吸水纸吸水，过2～3 min后，在光线充足的情况下，用低倍镜即可见到肾形的大核，换高倍镜，在大核凹处可见有一点状的结构，即为小核。

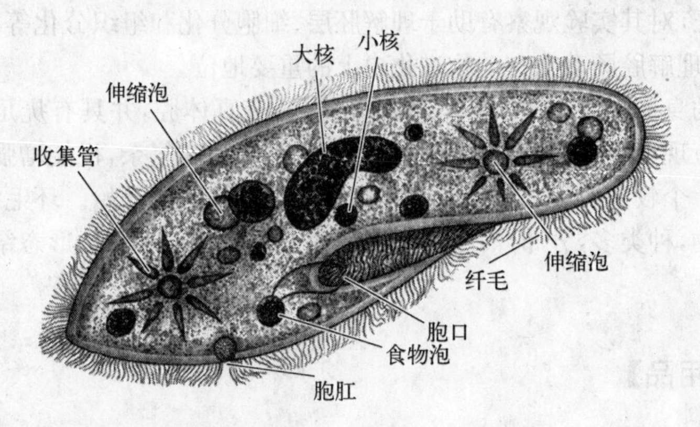

图3-3 草履虫的结构

【实验报告】

绘眼虫、草履虫、变形虫的形态结构图，并注明各部分的名称。

【注意事项】

1. 变形虫一般体小透明，在装片过程中因受水震动影响，常缩成一团，因此在制成装片后需静置片刻，待虫体伸展后，将光线调暗些，易于找到。

2. 草履虫游动快，可在载玻片上加少许撕松的棉花纤维阻挡。

【思考题】

1. 以草履虫为例，说明原生动物是单细胞的结构，而同时又是完整独立的有机体。

2. 眼虫体内的叶绿体有何功用？眼虫如何运动？

3. 变形虫如何运动？如何摄食？

实验二 腔肠动物和环节动物的观察

【实验目的】

1. 通过对水螅形态结构及生命活动的观察，了解腔肠动物门的重要特征。

2. 通过观察蚯蚓的形态结构，掌握环节动物门的主要特征。

【实验原理】

腔肠动物呈辐射对称，具两胚层，有组织分化、原始的消化腔及原始的神经系统，营被动生活，大都生活在海洋里，少数生活在淡水里，是真正后生动物的开始。水螅广泛分布于淡水中，易采集、培养和观察，其形态结构与生命活动展示了腔肠动物的主要特征，对其实验观察有助于理解胚层、细胞分化和组织分化等在进化中的意义，有助于理解腔肠动物在动物进化史上的重要地位。

环节动物的身体由许多形状相似的体节构成，有真体腔，并具有疣足和刚毛，运动敏捷。分节现象和真体腔的出现使各种器官系统趋向复杂，机能增强，在动物演化上发展到一个较高阶段。环节动物是高等无脊椎动物的开始。环毛蚓是最为常见的环节动物，种类多，分布广，生活在土壤中，易于采集和饲养，形态结构典型，易于解剖观察。

【实验材料和用品】

1. 实验材料

活水螅，活水蚤，水螅整体装片、横切片、纵切片、过精巢和过卵巢切片玻片标本；环毛蚓浸制标本和横切玻片标本以及肾管装片。

2. 实验用品

试剂：1%醋酸，硫酸镁。

器具：放大镜、解剖镜、显微镜、解剖针、镊子、解剖刀、蜡盘、大头针、剪刀、吸管、培养皿、烧杯、载玻片、盖玻片、吸水纸等。

【实验方法与步骤】

一、观察水螅

1. 水螅的外形和生命活动

(1) 外形　将水螅盛于培养皿中，待其完全伸展后，用放大镜观察。水螅体呈圆柱状，附着在物体上的一端，称基盘；另一端为圆锥形突起，叫垂唇。垂唇中央为口，周围有一圈细长的触手(图 3-4)。

(2) 应激性　用解剖针等轻轻地触动水螅的触手和身体，观察有什么现象。

(3) 捕食　用吸管向停止投食数日的水螅培养缸中投放数个活水蚤，观察处于饥饿状态下的水螅的捕食活动。

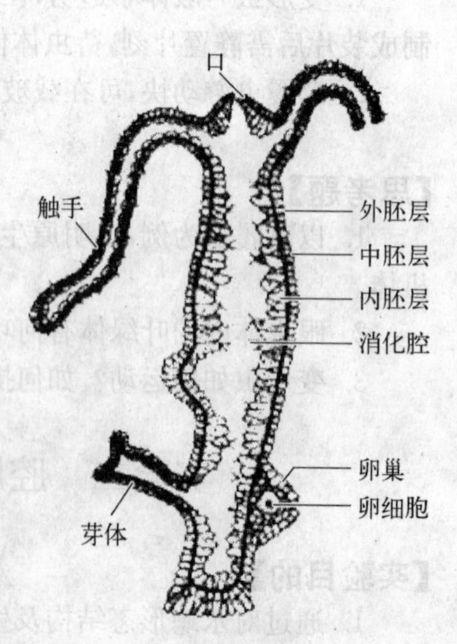

图 3-4　水螅的外形与结构

(4) 运动　把盛有水螅的烧杯移到室内背光的一面，观察其运动。

2. 活体水螅制片

(1) 刺细胞及刺丝囊　吸取水螅到载玻片上，盖上盖玻片，置于低倍镜下观察，其体表有许多颗粒状的小突起，特别是在触手上，即刺细胞。将1%醋酸滴在盖玻片的一边，另一边用吸水纸吸引溶液，镜下观察刺丝的发出。

(2) 网状神经的观察　吸取几只饥饿的1～2 d但较健壮的水螅置于小培养皿内，加饲养用水，以没过虫体为宜。待水螅稍舒展身体后，用镊子取硫酸镁结晶逐颗放入水中，使水螅慢慢麻醉，直到用解剖针触及水螅身体和触手不收缩时即可。将已麻醉的水螅吸到载玻片上，置于低倍镜下观察。约十几分钟后，水螅的网状神经逐渐显示出来。盖上盖玻片，在高倍镜下观察，可见神经细胞的突起彼此连成网状。

3. 水螅切片的观察

(1) 横切片的观察　显微镜下观察水螅的横切片，辨认出组成体壁的外胚层、中胶层和内胚层以及消化循环腔。

(2) 纵切片　显微镜下观察水螅纵切片，区别水螅的口端和基盘，触手和消化循环腔。结合横切片的观察，辨认出组成体壁的外胚层、中胶层和内胚层，然后再换高倍镜观察。

外胚层：外皮肌细胞数目最多，呈短柱状。间细胞在皮肌细胞之间，圆形，较小，常数个堆在一起。刺细胞染色较深，圆形或椭圆形。感觉细胞数目少，略呈梭形。

中胶层：在内、外胚层之间的一层薄而透明的胶状物质。

内胚层：内皮肌细胞数目最多，细胞大，细胞内常有许多空泡和食物泡。腺细胞散布在皮肌细胞间，细胞小，长形，内含细小深色分泌颗粒。

(3) 过精巢和卵巢横切片的观察　切面上精巢近似圆锥形，由内向外依次是精母细胞、精细胞核成熟的精子。卵巢为卵圆形，成熟的卵巢里只有1个卵细胞，其余的是营养细胞。

二、观察环毛蚓

1. 环毛蚓的外形

将浸制的环毛蚓置于蜡盘中，加水少许，先区别前、后端及背、腹面(图3-5)口与肛门的位置，刚毛着生的情况以及识别背孔，环带，雌、雄生殖孔、受精囊孔等。体为圆柱形，由许多环节组成，环节之间有节间沟。

(1) 口　位于体的第一节(围口节)前端腹面，口的背面有一块肉质的突出部分称口前叶。

(2) 环带　又叫生殖带。较其他各节稍膨大，由第14～16节三环节组成，

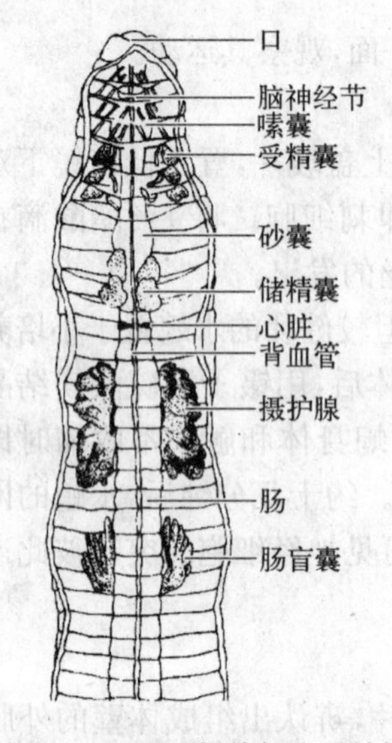

图 3-5 环毛蚓前部腹面结构

浅棕红色。

(3) 刚毛 除第一节、环带以及最后几节外，每环节的中央均有一圈短的刚毛(湖北环毛蚓腹面有刚毛)。

(4) 背孔 在体背面的中央从第 11/12 或第 12/13 节起，每两环节间有一小孔。

(5) 受精囊孔 三对。位于腹面第 6/7、第 7/8、第 8/9 节之间的节间沟两侧，在其附近常有生殖乳突。

(6) 雌性生殖孔 一个。位于第ⅩⅣ节腹面中央。

(7) 雄性生殖孔 一对。位于第ⅩⅧ节腹面两侧的乳头突上。其旁常有生殖乳突数个。

(8) 肛门 位于体末端，为一纵裂孔。

2. 环毛蚓的内部解剖

将环毛蚓背朝上，用解剖剪刀，从身体的 1/3 的阶段略偏背中线处，由后向前直剪至口，再用大头针每隔一寸，将体壁向两旁张开，插入蜡盘内，插时大头针须稍倾斜，且交错排列，再用解剖刀或解剖针轻轻沿体壁内缘将隔膜分离，然后加少量水，观察以下各部结构。

分别观察消化系统、循环系统、生殖系统、排泄系统、神经系统等结构(图 3-6)。

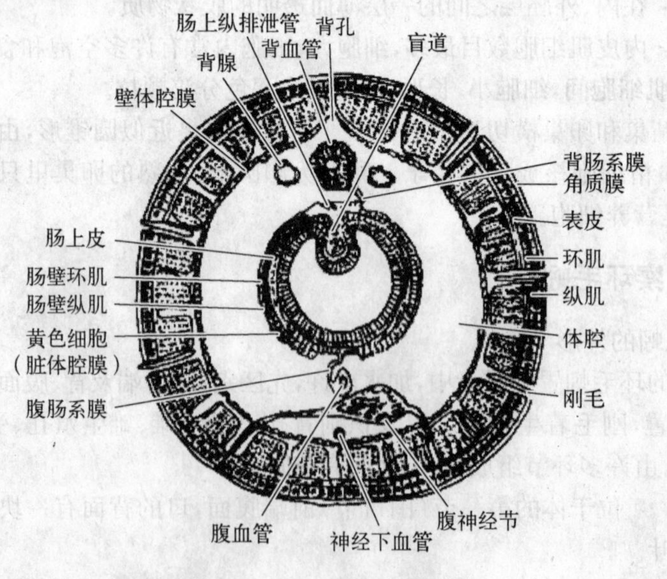

图 3-6 环毛蚓的内部解剖

3. 环毛蚓横切面的玻片观察

(1) 体壁　用低倍镜观察蚯蚓经肠部横切面的玻片标本。

角质膜：为体表最外面的一层薄膜。由表皮细胞分泌而成。

表皮层：位于角质膜之下，由单层柱状细胞组成。

环肌：位于表皮层之下，为环列的薄层肌肉组织。

纵肌：位于环肌之下，为纵列的厚层肌肉组织。

体腔膜：位于体壁的最里层，紧贴在纵肌之内，由一层薄而扁的细胞组成，但不易分清。

(2) 肠　由内壁内一层单层上皮细胞组成，外具环肌、纵肌、体腔膜及黄色细胞。在肠的背面有凹陷的纵沟，即盲道，以增加消化和吸收的面积。

(3) 体腔　为体壁和肠之间的空腔。里面可见到以下几部分。

背血管：位于消化道的背面，背血管壁四周亦有黄色细胞。

腹血管：位于消化道的腹面。

腹神经索：位于消化道的腹面中央。

神经下血管：附着在腹神经索的下面。

肾管：因切片关系仅能在少数标本中见到。肾管位于肠的两侧，为弯曲的管子。

【实验报告】

1. 绘水螅纵切或横切面(局部)图，示各部分结构。

2. 绘环毛蚓 1/2 横切面图，注明其主要结构名称。

【注意事项】

1. 沿环毛蚓身体背面向前剪开体壁时，剪到第 3～4 体节处要细心，不要剪断脑神经节。剪开蚯蚓体壁时，刀尖应微向上翘，以防戳破消化管壁使其内泥沙外溢而影响观察。

2. 用解剖针划开肠管与体壁之间的隔膜联系，将体壁尽量往外侧拉伸，使其两侧体壁完全平展，再以大头针固定。

3. 观察中应加适量的水湿润标本，以免干燥萎缩。

【思考题】

1. 根据实验总结腔肠动物的主要特征，理解它们在动物进化过程中的重要地位。

2. 根据实验观察，思考环毛蚓的哪些特征反映了对穴居生活的适应。

实验三 鱼的形态及解剖

【实验目的】

通过鲤鱼的形态及结构的观察，了解鱼类的结构特征及适应于水生生活的形态结构特征。

【实验原理】

鱼的形态及解剖实验的重点是形态解剖学实验的基本方法训练，通过实验使学生了解和掌握鱼类的形态结构特点，掌握鱼类的解剖观察方法，学习鱼类的年龄鉴定和生长推算的基本方法。

【实验材料和用品】

1. 实验材料

新鲜鲤鱼。

2. 实验用品

显微镜、解剖盘、解剖工具。

【实验方法与步骤】

1. 外形观察

鲤鱼体呈纺锤形，略侧扁，背部灰黑色，腹部近白色。身体可区分为头、躯干和尾3部分(图3-7)。

(1) 头部　自吻端至鳃盖骨后缘为头部。口位于头部前端(口端位)，两侧各有2条触须。吻背面有鼻孔1对。眼1对，位于头部两侧，眼后头部两侧为宽扁的鳃盖。

(2) 躯干部和尾部　自鳃盖后缘至肛门为躯干部；自肛门至尾鳍基部最后一枚椎骨为尾部。躯干部和尾部体表被以覆瓦状排列的圆鳞，鳞外覆有一薄层表皮，躯体两侧从鳃盖后缘到尾部，各有1条由鳞片上的小孔排列成的点线结构，此即侧线，被侧线孔穿过的鳞片称侧线鳞。体背和腹侧有鳍，背鳍1个，臀鳍1个，尾鳍末端凹入分成上下相称的2叶，为正尾型。胸鳍1对，位于鳃盖后方左右两侧。腹鳍1对，位于胸鳍之后，肛门之前，紧接肛门后有1泄殖孔。

2. 内部解剖与观察

将活鲤鱼置解于剖盘，使其腹部向上，用手术刀在肛门前与体轴垂直方向划一小口。使鱼侧卧，左侧向上，用剪刀自肛门前的开口向背方剪到脊柱，沿侧线下方向前剪至鳃盖后缘，再沿鳃盖后缘剪至下颌，这样可将左侧体壁肌肉揭起，使心脏

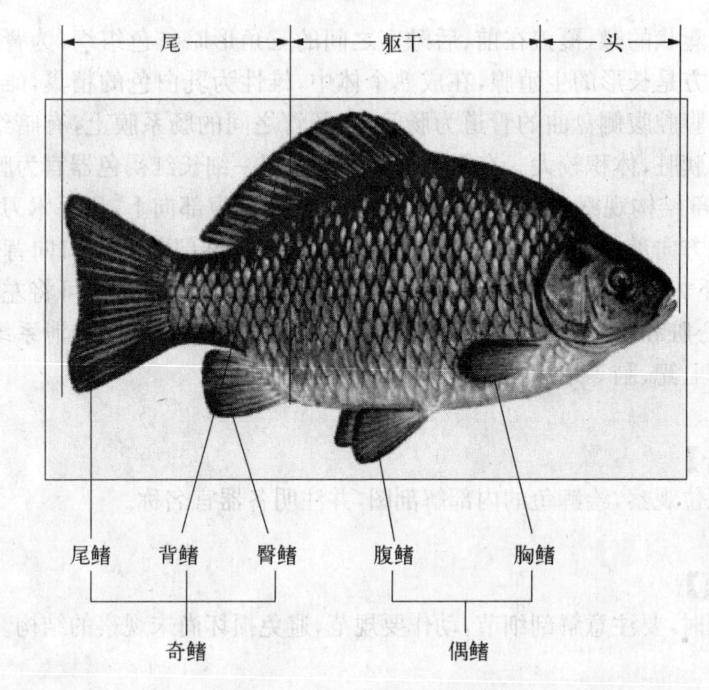

图 3-7　鲤鱼的外形

和内脏暴露。注意揭开左侧体壁前先将体腔膜与体壁分开，以使内脏器官与体壁分开时不致被损坏。用棉花拭净器官周围的血迹及组织液，置于盛水的解剖盘内观察(图 3-8)。

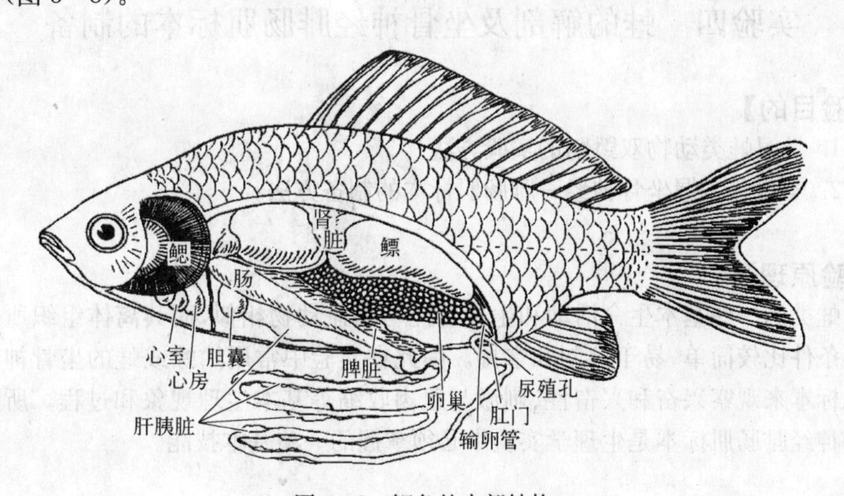

图 3-8　鲤鱼的内部结构

(1) 原位观察　　在胸腹腔前方、最后 1 对鳃弓的腹方，有一小腔，为围心腔，它借横隔与腹腔分开。心脏位于围心腔内，心脏背上方有头肾。在胸腹腔里，脊柱腹方是白色囊状的鳔，覆盖在前、后鳔室之间的三角形暗红色组织，为肾脏的一部分。鳔的腹方是长形的生殖腺，在成熟个体中，雄性为乳白色的精巢，雌性为黄色的卵巢。胸腹腔腹侧盘曲的管道为肠管，在肠管之间的肠系膜上，有暗红色、散漫状分布的肝胰脏，体积较大。在肠管和肝胰脏之间一细长红褐色器官为脾脏。

(2) 内部结构观察　将活鲤鱼置解剖盘，使其腹部向上，用手术刀在肛门前与体轴垂直方向剪一小口。使鱼侧卧，左侧向上，自肛门前的开口向背方剪到脊柱，沿侧线下方向前剪至鳃盖后缘，再沿鳃盖后缘剪至下颌，这样可将左侧体壁肌肉揭起，使心脏和内脏暴露。分别观察生殖系统、消化系统、鳔、排泄系统、循环系统、口腔与咽、鳃、脑等结构。

【实验报告】

根据原位观察，绘鲤鱼的内部解剖图，并注明各器官名称。

【注意事项】

在解剖时，要注意解剖细节，动作要规范，避免损坏尚未观察的结构。

【思考题】

1. 思考鱼类有哪些适应于水生生活的形态结构特征。
2. 思考鱼类各种鳍的位置、作用及在不同种类的区别。

实验四　蛙的解剖及坐骨神经腓肠肌标本的制备

【实验目的】

1. 学习蛙类动物双毁髓的实验方法。
2. 学习并掌握坐骨神经—腓肠肌标本的制备方法。

【实验原理】

蛙类的一些基本生命活动和生理功能与温血动物相似，而其离体组织所需的生活条件比较简单，易于控制和掌握。因此在实验中常用蟾蜍或蛙的坐骨神经腓肠肌标本来观察兴奋和兴奋性、刺激与肌肉收缩等基本生理现象和过程。所制备坐骨神经腓肠肌标本是生理学实验中必须掌握的一项基本技能。

【实验材料和用品】

1. 实验材料

蛙或蟾蜍。

2. 实验用品

试剂：任氏液。

器具：常用手术器械(手术剪、手术镊、手术刀、金冠剪、眼科剪、眼科镊、解剖针、玻璃解剖针)、解剖盘、玻璃分针、锌铜弓、烧杯、滴管等。

【实验方法与步骤】

1. 捣毁脑髓和脊髓

左手握蛙，背部向上。用食指按压其头部前端，拇指压住躯干的背部，使头向前俯；右手持解剖针，由两眼之间中线向后方划触，触及两耳之间的凹陷处即是枕骨大孔的位置。将解剖针由凹陷处垂直刺入枕骨大孔，然后针尖向前刺入颅腔，在颅腔内搅动，以毁脑组织。再将解剖针退至枕骨大孔，针尖转向后方，与脊柱平行刺入椎管，以捣毁脊髓。脊髓彻底捣毁时，可看到蛙后肢突然蹬直，然后瘫软，此时的动物为双毁髓动物。如动物仍表现四肢肌肉紧张或活动自如，必须重新毁髓(图 3-9)。

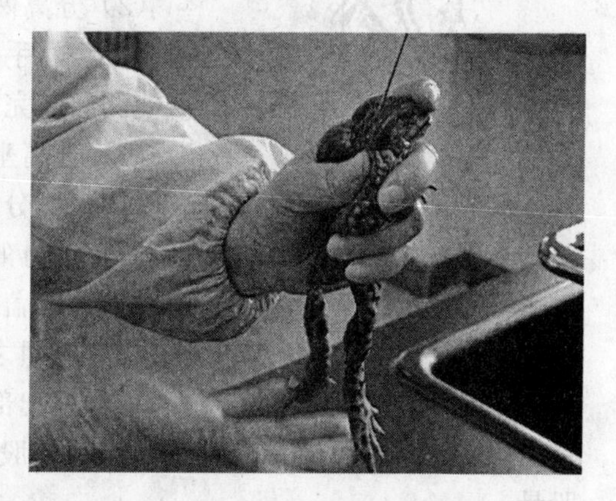

图 3-9 捣毁脑髓和脊髓示意图

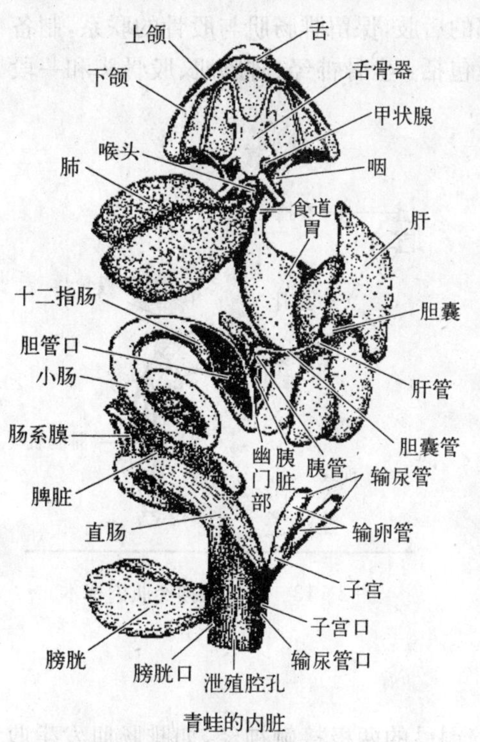

图 3-10 蟾蜍的内部结构

2. 解剖观察内部结构

将毁髓的蛙腹面向上置于解剖盘内，展开四肢。左手持镊，夹起腹面后腿基部之间泄殖腔稍前方的皮肤，右手持剪剪开一切口，由此处沿中线向前剪开皮肤，直至下颌前端。然后在肩带处向两侧剪开并剥离前肢皮肤；在股部作一环形切口，剥去皮肤至足部，这时蛙的肌肉完全暴露出来，用剪刀剪开腹部肌肉(注意不要破坏蛙的内脏)，整个蛙的内脏便暴露出来(图 3-10)。

3. 坐骨神经腓肠肌标本的制备

在观察完蛙的内部结构后，可制备蛙的坐骨神经腓肠肌标本。

(1) 剥制后肢标本　左手持手术

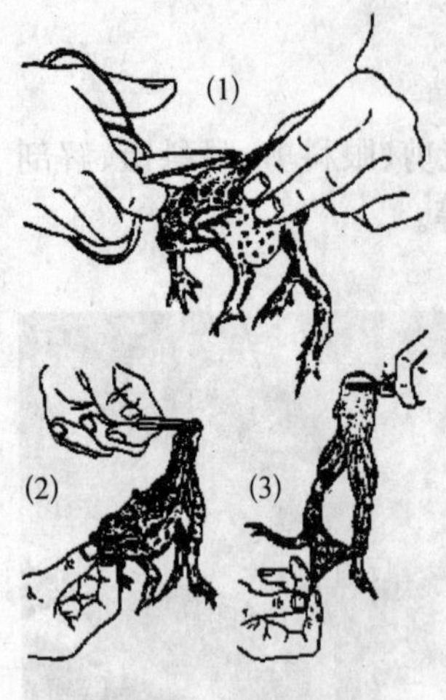

图 3-11 蛙皮肤的剥离

镊提起两前肢之间背部的皮肤，右手持手术剪横向剪断皮肤，然后往后肢方向撕剥皮肤。剪开腹壁肌肉，用手术镊提起内脏，翻向头部，在看清支配后肢的脊神经发出部位后，于其前方剪断脊柱(图 3-11)。

(2) 分离两后肢　将去皮的后肢腹面向上置于解剖盘上，右手持金冠剪纵向剪开脊柱，再剪开耻骨联合，使两后肢完全分离。

(3) 分离坐骨神经　将一侧后肢的脊柱端腹面向上，用玻璃分针沿脊神经向后分离坐骨神经，股部沿腓肠肌正前方的股二头肌和半膜肌之间的裂缝，找出坐骨神经，剪断盖在上方的梨状肌，完全暴露坐骨神经，剪去支配腓肠肌之外的分支，再剪去脊柱及肌肉，只保留坐骨神经发出部位的一小块脊柱骨(图 3-12)。

(4) 分离股骨头　沿膝关节剪去股骨周围的肌肉，保留股骨的后 2/3，剪断股骨。

(5) 游离腓肠肌　在腓肠肌跟腱下穿线并结扎，提起结扎线，剪断肌腱与胫腓骨的联系，游离腓肠肌，剪去膝关节下部的后肢，保留腓肠肌与股骨的联系，制备出完整的坐骨神经—腓肠肌标本。标本应包括：坐骨神经、腓肠肌、股骨头和一段脊柱骨四部分(图 3-13)。

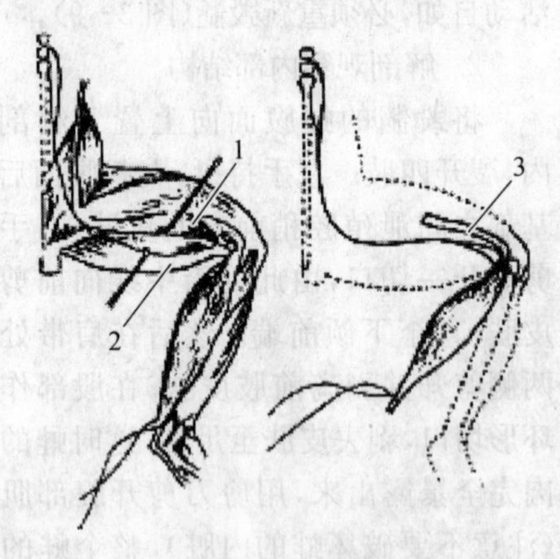

图 3-12 蛙坐骨神经腓肠肌标本制备

(a) 分离坐骨神经。(b) 坐骨神经—腓肠肌标本。
1 股二头肌。2 半膜肌。3 股骨。

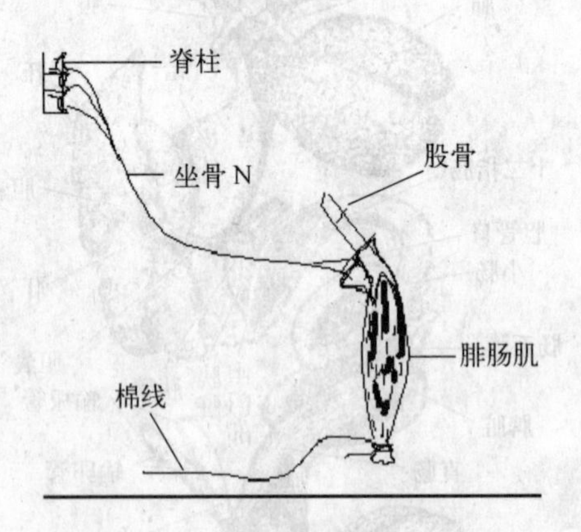

图 3-13 完整的神经肌肉标本

(6) 检验标本　用任氏液沾湿的锌铜弓的两极接触神经，如腓肠肌发生收缩，则说明标本机能正常。

【实验报告】

绘蛙的内部构造图，并注明各部分名称。

【注意事项】

1. 制备标本过程中经常用任氏液湿润去皮的标本。
2. 操作过程中应避免强力牵拉和手捏神经或夹伤神经肌肉。

【思考题】

1. 设计一实验证明反射活动的完整性，并说明实验原理和理论依据。
2. 分析实验结果，说明反射弧的组成及各组成部分的机能。
3. 你认为该蛙坐骨神经腓肠肌标本的制作方法有哪些需要改进的地方？

实验五　人体结构观察

【实验目的】

1. 通过观察人体主要器官系统的标本，了解人体各器官系统的组成。
2. 掌握人体各系统主要功能及各系统间的相互关系。

【实验原理】

通过实验教学，使学生能够进一步理解和掌握人体各器官、系统的形态结构特点、组织分布，以及各部分结构与其生理功能的关系，使学生进一步掌握本学科实验的技能技巧和实验的基本原理。

【实验材料和用品】

实验材料

消化系统模型：模型或挂图，人体半身模型，各种牙齿标本（模型），胃壁、小肠纵切面和肝小叶的模型，胃腺、小肠绒毛模型等。

呼吸系统模型：模型或挂图，头部正中矢状切面标本或模型，喉腔、气管连肺模型，左右肺标本（模型），支气管树、肺小叶和肺泡壁的模型等。

神经系统模型：脊髓横切面模型，脑正中矢状切面标本或模型，脑干和间脑标本（模型），整脑标本（模型），脑室模型，脊髓被膜标本（模型），头颈、各种传导路挂图等。

循环系统模型：人心脏解剖标本（模型），人体全身动脉与静脉解剖标本（模型）等。

【实验方法与步骤】

一、观察消化系统

1. 观察消化系统的组成及主要器官的位置

取消化系统全标本、模型或挂图，观察可见消化系统由消化管（口腔、咽、食管、胃、小肠、大肠、肛门）和消化腺（3 对唾液腺、肝和胰等）组成。观察可见食管上接口咽，向下穿过膈，延续于胃的贲门；胃的幽门连接“C”形的十二指肠；向下的空肠和回肠在腹腔迂回成袢状，在右髂窝处移行为盲肠；盲肠的后下方细长的盲管为阑尾；结肠呈“门”字形环绕在小肠周围，在左髂窝处呈“乙”字形入小骨盆接直肠，最后开口于肛门（图 3-14）。

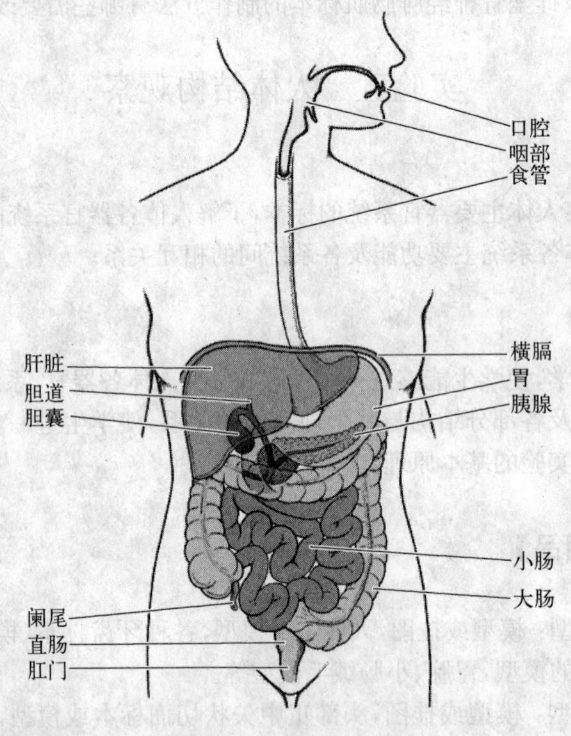

图 3-14　消化系统全貌

2. 观察消化系统各主要器官的形态和结构

(1) 取牙齿标本、牙齿切面和舌背挂图，识别牙的形态及分类。

(2) 取胃模型，观察可见胃分为四部：近贲门的贲门部、自贲门向左上方膨出的胃底部、中部的胃体部和近幽门的幽门部。胃的入口称贲门，与食管相接；出口称幽门，与小肠相接；胃有前后壁，左侧向外凸起的称为胃大弯，右侧向内凹陷的称为胃小弯。

(3) 取小肠的纵切面模型,观察可见小肠黏膜凸向肠腔形成环形皱襞,皱襞表面有密集的小肠绒毛。

(4) 取肝模型,观察可见肝呈楔形,分上、下两面,前、后两缘。肝上面被矢状方向的镰状韧带分为左、右两叶,下面有"H"形的三条沟,横沟称肝门,有肝动脉、门静脉、肝管、淋巴管和神经进出。右侧前缘有一胆囊窝,容纳胆囊。

二、观察呼吸系统

1. 观察呼吸系统的组成及主要器官的位置

取呼吸系统全标本、模型或挂图,观察可见呼吸系统由鼻、咽、喉、气管、支气管和肺组成。上呼吸道始于鼻腔,向后通一漏斗形、前后略扁的肌性管道——咽,咽下通于喉,喉向下与气管相通。肺分左、右两肺,位于胸腔内,中间以纵膈相隔,是进行气体交换的实质性器官。注意观察并分辨进出肺门的管道(图 3-15)。

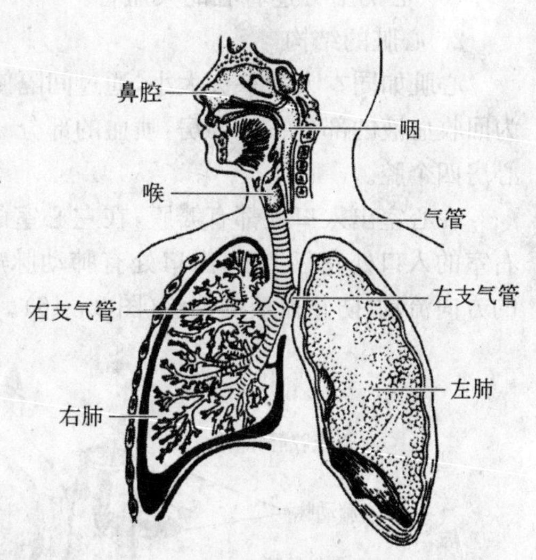

图 3-15　呼吸系统的结构

2. 观察消化系统各主要器官的形态和结构

(1) 取肺模型,肺左右各一,分居于纵膈两侧。观察左、右肺模型,可见肺的形状呈圆锥形,分一尖(肺尖)、一底(膈面)、两面(外侧面又称肋面、内侧面又称纵隔面)和三缘(前、后、下缘),内侧面中间凹陷处为肺门,有肺的血管、主支气管、淋巴管和神经进出,结缔组织包绕出入肺门的结构构成肺根。左肺较狭长,分上、下两叶,右肺较粗钝,分上、中、下三叶。左肺前缘下半有一弧形凹陷,称心切迹。

(2) 取气管树模型,观察可见主支气管从肺门入肺后反复分支,达细支气管后再分支为终末细支气管,随分支而管径渐小,管壁渐薄。

(3) 取喉软骨模型,辨识甲状软骨、环状软骨、会厌软骨、杓状软骨以及前庭襞、声襞和声门裂。

三、观察循环系统

1. 心脏的位置和外形

心脏位于胸腔内,膈肌的上方,二肺之间,约 2/3 在中线左侧。心脏如一倒置的、前后略扁的圆锥体形的桃子。心尖钝圆,朝向左前下方,与胸前壁邻近。

(1) 心的前面大部分被肺和胸膜遮盖，只有一小部分借心包与胸骨体和肋软骨直接相邻。

(2) 心的两侧与肺和胸膜腔相邻。

(3) 心的后方有食管、迷走神经和主动脉胸部。

(4) 心的下方为膈。

(5) 心的上方连着心的大血管。

2. 心脏的结构

心脏如同本人的拳头大小，通过间隔使心脏分为左右两半，每一半再进一步分为回收血液的部分——心房，喷血的部分——心室，所以心脏共有左右心室和左右心房四个腔。

在心室出入口处都有瓣膜，在左心室的入口处有二尖瓣，出口处有主动脉瓣，右室的入口处有三尖瓣，出口处有肺动脉瓣。瓣膜的作用就是使血液只能向固定的方向流动，防止血液的倒流（图 3－16）。

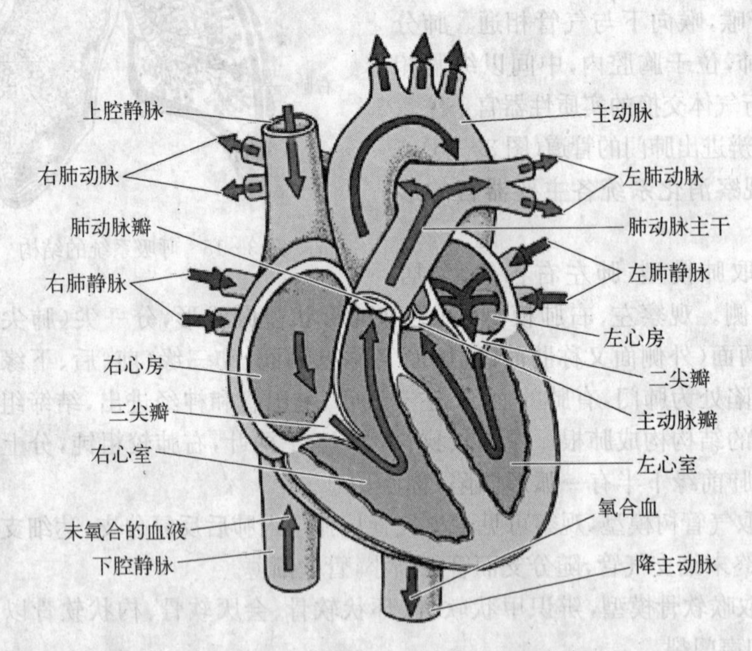

图 3－16　心脏的内部结构与血流方向

3. 脉管系统的组成

人体的血液循环分为体循环（大循环）和肺循环（小循环）两种。

(1) 体循环（大循环）　动脉血从左心室由心脏泵到主动脉，再到全身动脉、毛细血管；由静脉回流到上、下腔静脉，回到右心房，再到左心室。循环往复……

体循环的途径：动脉血从左心室泵→主动脉→各级动脉分支→全身各部毛细

血管→静脉血经各级静脉→上、下腔静脉和冠状窦→右心房。

(2) 肺循环(小循环)　静脉血从右心室射出,进入肺动脉,经过肺动脉得肺动脉在肺内的各级分支,流至肺泡周围的毛细血管网,在此进行气体交换,使静脉血变成含氧丰富的动脉血,经肺内各级肺静脉属支,再经肺静脉注入左心房。循环往复……

肺循环的途径:静脉血从右心室→肺动脉干及其分支→肺泡毛细血管→动脉血经肺静脉→左心房。

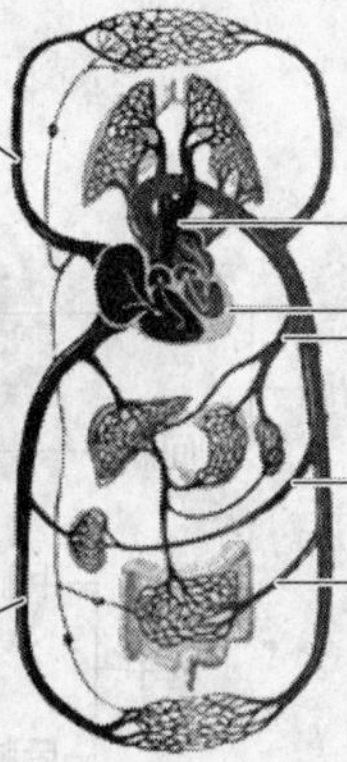

图 3-17　体循环和肺循环示意图

四、观察神经系统

1. 中枢神经系统的主要结构

(1) 脊髓　　取离体脊髓标本观察,脊髓呈圆柱形,前后略扁。其一端为切断面,是它的上端,它的下端变细呈圆锥形,叫脊髓圆锥。脊髓上端略膨大部分叫颈膨大,脊髓下段略膨大部分叫腰骶膨大(图 3-18)。

(2) 脑　　观察脑干模型,分清脑干模型的上下两端及腹侧面和背侧面。脑干下段细小部分是延髓,中部膨隆部分是脑桥,上方的两个圆柱状结构是中脑(图 3-19)。

脑干:自下而上分为延髓、脑桥、中脑三部分。观察腹侧面与背侧面。

腹侧面:① 延髓,前正中裂,前外侧沟;沟内有舌下神经相连;锥体和锥体交叉。② 脑桥,基底沟,桥臂上连三叉神经。③ 中脑,大脑脚,脚间窝;窝内有动眼神经穿出。

背侧面:① 延髓,后正中沟,后外侧沟;后外侧沟内上、下有舌咽、迷走和副神经连脑,楔束结节、薄束结节;

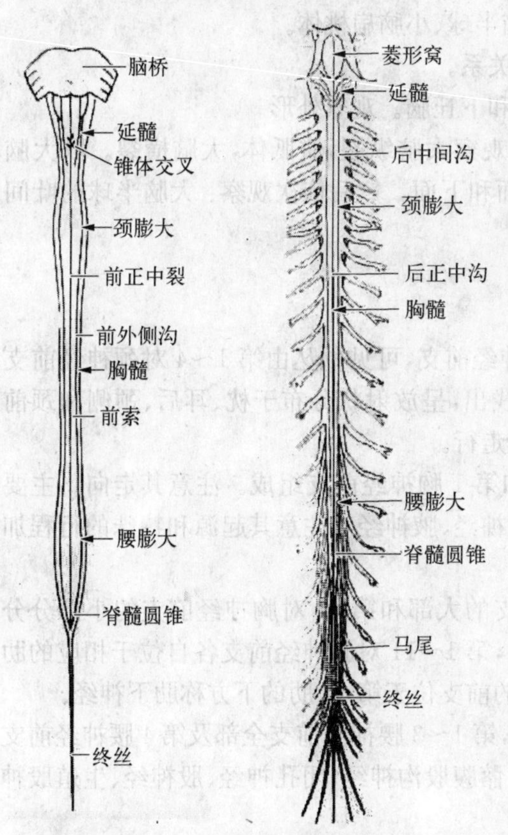

图 3-18　脊髓的外形

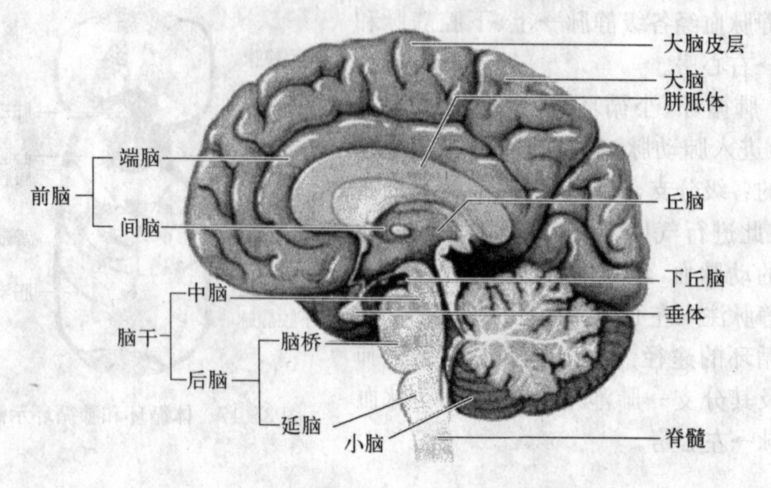

图 3-19　脑的结构

脑桥,菱形窝。② 中脑,上、下丘;下丘下方有滑车神经连脑。

小脑:观察小脑外形,小脑蚓、小脑半球、小脑扁桃体。

脑室:观察脑室模型,注意其沟通关系。

间脑:位中脑上方,主要包括丘脑和下丘脑。观察外形。

端脑:主要包括左、右大脑半球。观察大脑纵裂,胼胝体,大脑横裂。取大脑半球标本,首先辨认其上外侧面、内侧面和下面。然后依次观察:大脑半球的叶间沟和分叶,大脑半球各面的主要沟回。

2. 周围神经系统

(1) 脊神经

颈丛:在胸锁乳突肌深面寻找颈神经前支,可见颈丛由第 1～4 对颈神经前支组成。发皮支自胸锁乳突肌后缘中点浅出,呈放射状分布于枕、耳后、颈侧和颈前部。颈丛最重要分支是膈神经,观察其走行。

臂丛:由第 5～8 对颈神经前支和第 1 胸神经前支组成。注意其走向。主要分支有尺神经、正中神经、肌皮神经、桡神经、腋神经。注意其起源和特殊的行程加以区分。

胸神经前支:除第 1 对胸神经前支的大部和第 12 对胸神经前支的小部分分别加入臂丛和腰丛外,其余均不形成丛,第 1～11 对胸神经前支各自位于相应的肋间隙内,称肋间神经。第 12 对胸神经的前支位于第 12 肋的下方称肋下神经。

腰丛:由第 12 胸神经前支小部分,第 1～3 腰神经前支全部及第 4 腰神经前支一部分组成。主要分支有髂腹下神经、髂腹股沟神经、闭孔神经、股神经、生殖股神经。观察各神经分布。

骶丛:由第 4 腰神经前支一部分和第 5 腰神经前支组成的腰骶干及所有骶、

尾神经前支组成。其主要分支有臀上神经、臀下神经、阴部内神经、坐骨神经。其中坐骨神经又分为胫神经和腓总神经,观察各神经分布。

(2) 内脏神经丛 观察以下神经丛的位置:① 心丛;② 肺丛;③ 腹腔丛;④ 腹主动脉丛;⑤ 腹下丛。

3. 脑和脊髓的传导通路

参照传导通路挂图,依次对深、浅感觉传导通路,运动、视觉传导通路进行观察。着重观察各传导通路性质,与脊髓纤维束的关系,整个传导通路的神经元及其胞体所在位置,纤维交叉部位及其与效应器或感受器的关系等。

【实验报告】

根据具体情况选做实验报告。

【思考题】

1. 简述组成消化系统的各器官的名称和作用。
2. 呼吸系统特有的参与防御的结构有哪些?
3. 试述微循环的组成及其生理特点。
4. 神经系统调节基本方式是什么?其结构基础是什么?有何特性?

实验六 血细胞观察、计数与血型鉴定

【实验目的】

1. 掌握微量采血及血涂片的制作方法。
2. 学习红细胞人工计数方法。
3. 学习鉴别血型的方法,观察红细胞凝集现象,掌握ABO血型鉴定的原理。

【实验原理】

计数血液中的血细胞,先要用适当的溶液将血液稀释,再将稀释液滴入血细胞计数板的计数室内,在显微镜下计数一定容积的血液中血细胞的个数,最后将所得结果换算为1 mm^3血液中的血细胞个数。

人类血液中的红细胞内含有两种凝聚原(凝聚原A、凝聚原B);血清内含有两种凝集素(抗A凝集素、抗B凝集素)。如果凝集原A与抗A凝集素相遇、凝聚原B与抗B凝集素相遇,就会出现红细胞的凝集反应。血型鉴定的方法就是根据这一原理设计的,将受试者的血液分别加入标准A型血清(含抗B凝集素)和标准B型血清(含A凝集素)中,观察有无红细胞凝集现象发生,从而判断受试者的血型。

【实验材料和用品】

实验用品

试剂：标准 A 型血清(抗 B)，标准 B 型血清(抗 A)，瑞氏染液，生理盐水。

器具：消毒采血针、玻片、牙签、显微镜、血细胞计数板、75%酒精棉球、干棉球、记号笔。

【实验方法与步骤】

1. 血涂片的制作及血细胞观察

(1) 取末稍血一滴置于玻片的一端，左手持载玻片，右手持边缘平滑的推片的一端从血滴前方后移接触血滴，血滴即沿推片散开。然后，推片与载片夹角保持 30～45 度平稳地向前移动，载片上保留下一薄层血膜。

(2) 血涂片制成后可手持玻片在空气中挥动，使血膜迅速干燥，以免血细胞皱缩。

(3) 用蜡笔在血膜两侧划线，以防染液溢出，然后将血膜平放在染色架上，加瑞氏染液 2～3 滴，以覆盖整个血膜，固定 0.5～1.0 min。滴加等量或稍多的新鲜蒸馏水，与染液混匀染色 5～10 min。

(4) 用清水冲去染液，待自然干燥后或用吸水纸吸干，即可置血涂片于显微镜下进行镜检。

(5) 血细胞分类计数：选择涂片的体尾交界处染色良好的区域，在油镜下计数各细胞，按其形态特征进行分类计数，求出各类细胞所占比值。

2. 血细胞计数

(1) 采血及稀释　用采血针刺破皮肤后让血液自然流出，擦去一滴血，待流出第二滴血时，用红细胞吸管吸取血液至刻度 0.5 ml，再量取生理盐水 100 ml，以拇指和食指按住吸管两端，将管沿水平方向摇动约 2 min，使血细胞与生理盐水混合，此时血液被稀释 200 倍，即可用于红细胞计数。

以白细胞计数吸管内吸血至刻度 0.5 ml，再量取生理盐水 10 ml，将血细胞与生理盐水摇匀、混合，此时血液被稀释 20 倍，可用于白细胞计数。

(2) 计数　将盖玻片放在计数板(图 3－20)正中，沿盖玻片边缘向计数室内注入已稀释的血液，静置 2～3 min，然后将计数板置显微镜下观察。计数白细胞时，数四角 4 个大方格的白细胞总数；计数红细胞时，数中央大方格的四角的 4 个中方格和中

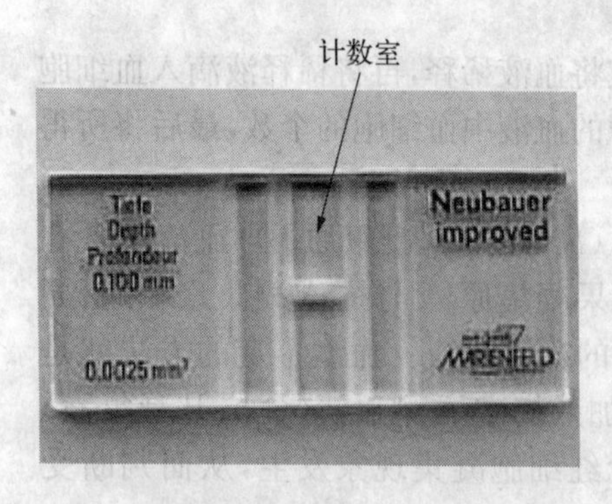

图 3－20　血细胞计数板

央的一个中方格的红细胞总数(图 3-21)。计数时应遵循一定的路径,对横跨刻度上的血细胞依照"数上不数下,数左不数右"的原则进行计数。计数白细胞时,如发现各大格的白细胞数目相差 8 个以上,或计数红细胞时,如各方格中的红细胞数目相差 20 个以上,都表示血细胞分布不均匀,必须将稀释液摇匀重新充入计数室计数。

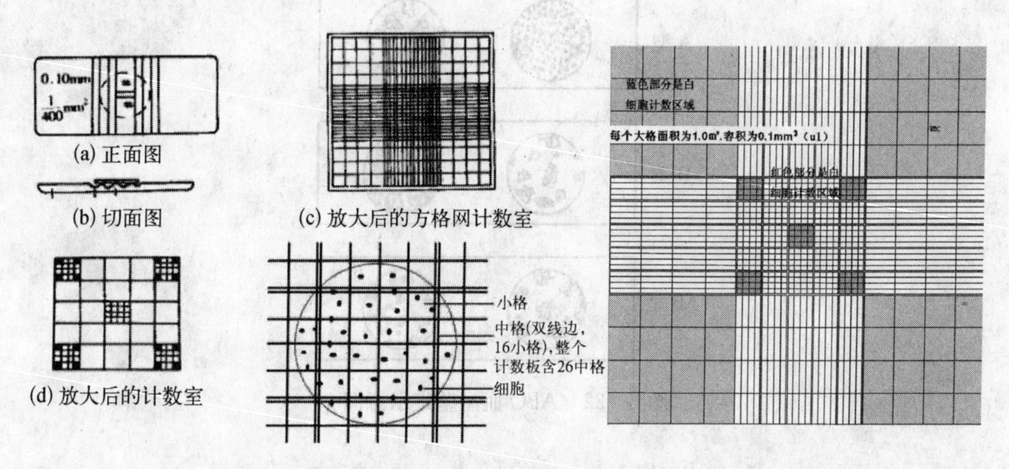

(a) 正面图

(b) 切面图

(c) 放大后的方格网计数室

(d) 放大后的计数室

图 3-21 血细胞计数板图示

3. ABO 血型鉴定

(1) 取一块清洁玻片,在玻片两端标记 A、B(简称 A 端、B 端)。

(2) 取标准 A 型血清一滴,滴在玻片的 A 端,取标准 B 型血清一滴,滴在玻片的 B 端。

(3) 用 75%酒精棉球对受试者的手指尖或耳垂、采血针及实验人员的手进行消毒。然后,用采血针刺手指尖或耳垂取血(刺的速度要快,深度为 2~3 mm)。

(4) 用消毒牙签的一端取血(只需在血滴上蘸一下即可),置于 A 端的标准血清中,并稍加搅动;用牙签的另一端取血,置于 B 端的标准血清中,并稍加搅动。放置 3~5 min 后,观察有无凝集现象(表 3-1),并据此判断血型(图 3-22)。

表 3-1 ABO 血型凝血试验

红细胞抗原型	血清中凝集素		红细胞凝集反应	
	α	β	抗 A	抗 B
O	+	+	—	—
A	—	+	+	—
B	+	—	—	+
AB	—	—	+	+

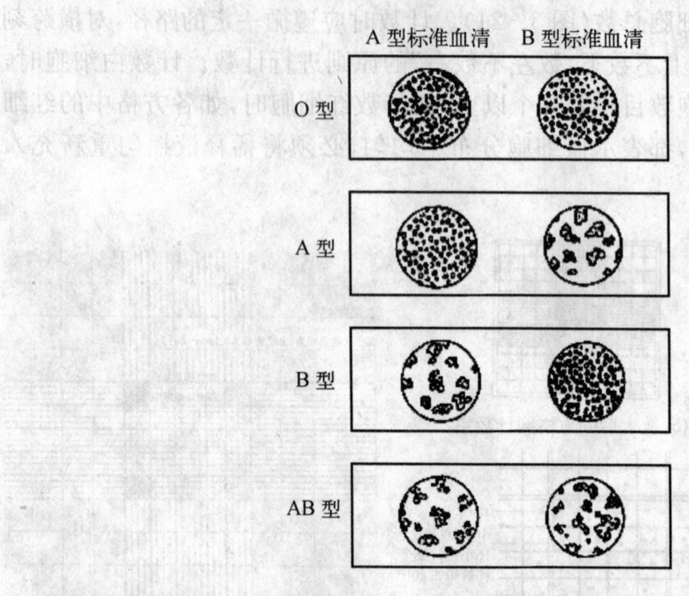

图 3-22 ABO 血型鉴定示意图

【实验报告】

1. 记录所做实验中各细胞的数目。
2. 根据实验结果,判定受试者的血型。

【注意事项】

1. 严防两种血清接触。
2. 牙签蘸取血液切勿过多,以防止在血清中形成团块,影响判断结果。
3. 分清牙签,不要用同一牙签的同一端在 A 血清和 B 血清中搅拌。

【思考题】

1. 如何区别血液的凝集和凝固?两者有何区别?
2. 简述血型与输血的关系。

第四部分　植物学实验

实验一　植物组织装片及营养器官的观察

【实验目的】

1. 掌握植物保护组织、分生组织、薄壁组织的基本构造及细胞特征。
2. 了解各组织在植物体上的位置及其生理功能。

【实验原理】

通过观察根、茎、叶各种变态器官的形态和构造，掌握植物同源、同功器官的概念；通过对各类植物的变态器官的观察，进一步了解植物能够适应环境而改变其原有的性状。

【实验材料和用品】

1. 实验材料

植物根尖纵切片，蚕豆叶下表皮永久装片，棉花老根横切永久装片，夹竹桃叶片横切，美人蕉叶片，马铃薯块茎切片，芹菜叶柄，南瓜茎纵、横切片，梨果实石细胞装片。

2. 实验用品

显微镜、载玻片、盖玻片、镊子、刀片、培养皿、毛笔、滴管等。

【实验内容】

一、分生组织

取植物根尖纵切片置于低倍镜下观察。根的最尖部位是根冠，在根冠之上染色较深的部分就是根尖分生组织，前端的细胞小，排列紧密，壁薄、质浓、核大而明显，为原生分生组织，后端的细胞已有初步分化，为初生分生组织(图 4-1)。

二、保护组织

1. 表皮

取蚕豆叶下表皮永久装片观察。蚕豆叶下表皮由一层形状不规则的表皮细胞彼此镶嵌而成，无细胞间隙，细胞不含叶绿体。在表皮细胞间，可见一些由两个肾形保卫细胞组成的气孔(图 4-2),保卫细胞有叶绿体。

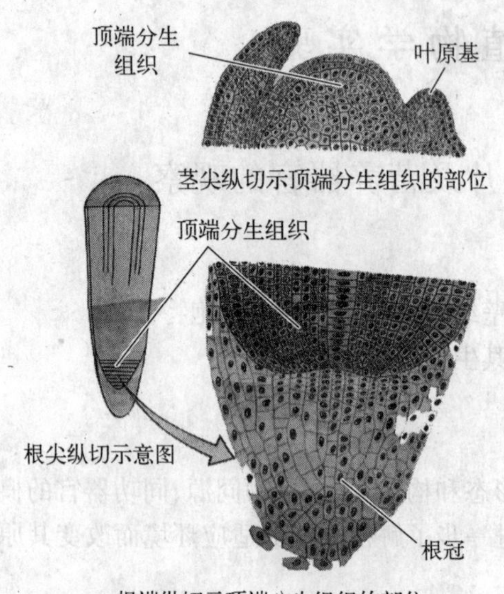

图 4-1　植物的分生组织图

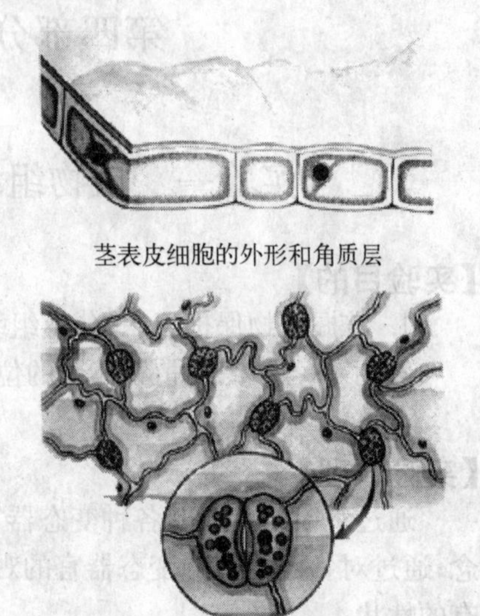

图 4-2　植物的保护组织

2. 周皮

观察棉花老根横切片。周皮位于老根的最外方,从外向内可区分为木栓层、木栓形成层和栓内层。木栓层是老根外排列整齐的几层死细胞,在横切面上呈扁方形,常被染成棕红色。在木栓层内方,有一层被固绿染成黄色的扁方形的薄壁细胞,细胞质较浓,有的细胞能见到细胞核,即为木栓形成层。在木栓形成层的内侧,有 1～2 层较大的薄壁细胞,被固绿染成蓝绿色即为栓内层。

三、薄壁组织

1. 同化组织

观察夹竹桃叶片横切片。在上、下表皮之间有大量的薄壁细胞,细胞中含有丰富的叶绿体,为同化组织(图 4-3)。

2. 贮藏组织

观察马铃薯块茎切片。马铃薯块茎由许多大型薄壁细胞组成,细胞内充满淀粉粒,为贮藏组织。

3. 通气组织

取美人蕉叶片,先将其叶鞘或大主脉切成大小适宜的长条,然后徒手切片,制成临时装片。将装片置于低倍镜下观察,可以看到一些形状不规则并有多个放射状突起的薄壁细胞，各细胞的突起互相连接，并由突起围成了许多大的细胞间隙，为通气组织(图 4－3)。

四、机械组织

1. 厚角组织

用徒手切片法做芹菜叶柄的横切片，选取薄而透明的切片制成临时装片，置于低倍镜下观察。在芹菜叶柄棱角处的表皮内有厚角组织存在，这些细胞的细胞壁在角隅处增厚(图 4－4)。

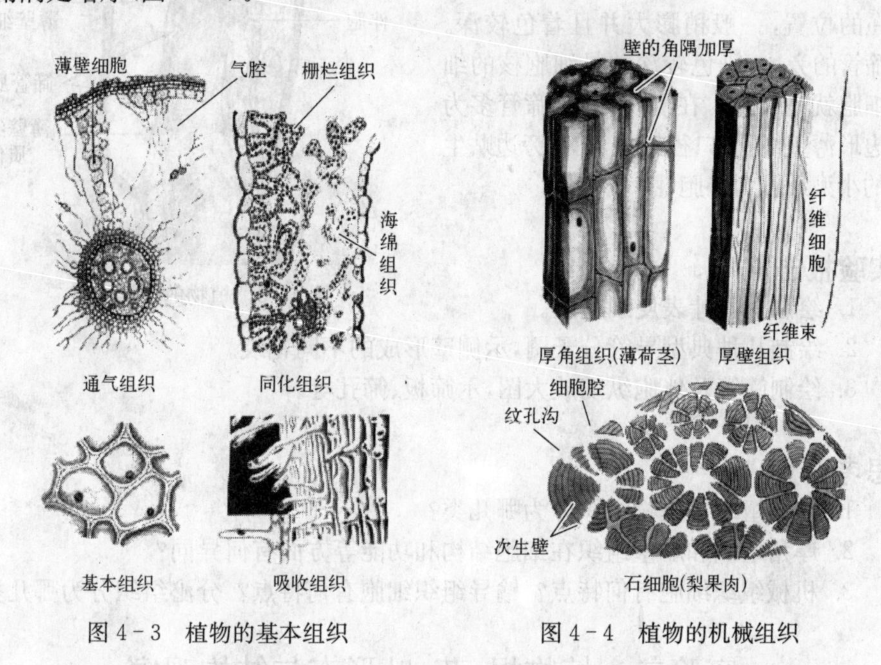

图 4－3 植物的基本组织　　图 4－4 植物的机械组织

2. 厚壁组织

厚壁组织是由细胞壁强烈加厚并木质化的死细胞构成的，按细胞形态分为纤维和石细胞(图 4－4)。

(1) 纤维　取南瓜茎纵切片，观察外皮层中被染成红色的细胞，细胞细长，细胞壁厚，细胞腔狭窄。

(2) 石细胞　观察梨果实石细胞永久装片。梨果肉的石细胞细胞壁极厚，木质化，染成桃红色，细胞腔很小，原生质体解体。厚壁上有管道状的分支纹孔。

五、输导组织

1. 观察导管

观察南瓜茎纵切片和横切片。在双韧维管束的木质部中，导管被染成红色。

在纵切面上，导管不具有各种花纹的管状结构；在横切面上，导管则呈口径不一的圆孔或多边形。

2. 观察筛管和伴胞

观察南瓜茎纵切片和横切片。在南瓜茎维管束的韧皮部中，有被固绿染成蓝绿色的筛管和伴胞。在纵切面上，筛管呈具有“节”的长管状结构，其“节”就是筛板所在的位置，一般稍膨大并且着色较深。在筛管的旁边，染色较深并具细胞核的细长细胞就是伴胞。在横切面上，筛管多为多边形薄壁细胞，口径较大，在它旁边贴生着的小型细胞为伴胞(图 4－5)。

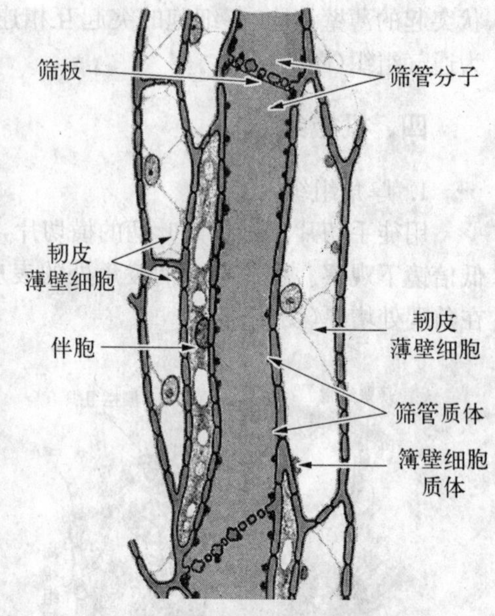

图 4－5　植物的输导组织

【实验报告】

1. 绘制蚕豆叶表皮细胞图。
2. 绘制几种典型导管分子图，示侧壁形成的不同花纹。
3. 绘制筛管及伴胞纵切放大图，示筛板、筛孔等。

【思考题】

1. 何为组织？植物组织分为哪几类？
2. 厚角组织和厚壁组织在细胞结构和功能等方面有何异同？
3. 机械组织细胞有何特点？输导组织细胞有何特点？分泌组织分为哪几类？

实验二　植物根、茎、叶形态与结构观察

【实验目的】

1. 掌握双子叶植物根的初生结构和单子叶植物根结构的特点。了解根维管形成层的发生及次生构造的形成和结构。

2. 掌握双、单子叶植物茎的初生结构。了解双子叶植物茎的次生结构。

3. 掌握双子叶植物叶(异面叶)的结构。掌握单子叶禾本科植物叶(等面叶)的结构。掌握叶的结构与其生态类型相适应的特点。

【实验材料和用品】

1. 实验材料

各种单、双子叶植物的根、茎、叶横切永久装片。

2. 实验器具

光学显微镜。

【实验内容】

一、根

1. 双子叶植物根的初生结构

取蚕豆或棉花幼根横切面，观察根的初生结构：表皮、皮层、维管柱(中柱鞘、初生木质部、初生韧皮部、薄壁细胞)(图 4－6)。

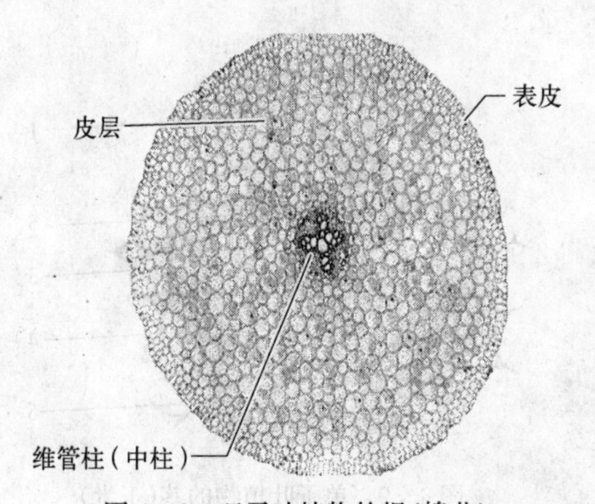

图 4－6　双子叶植物的根(棉花)

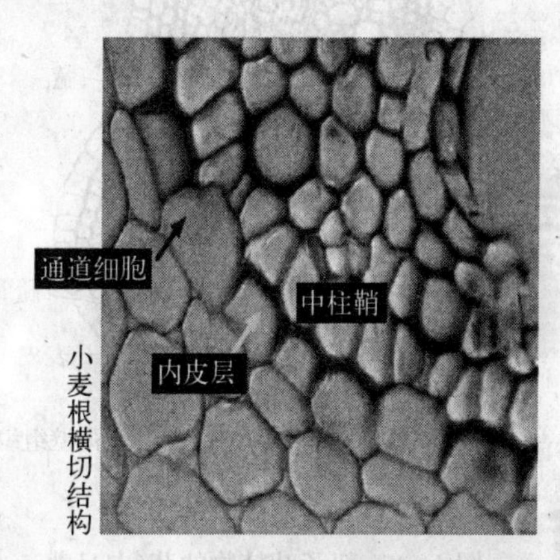

图 4－7　单子叶植物的根(小麦)

2. 单子叶植物根的结构

取水稻或小麦根横切面，观察比较表皮、皮层、维管柱三大部分，着重观察凯氏带(皮层最内一层排列紧密、整齐的细胞，其左右径向壁和上下横向壁有局部栓化的带状加厚)和通道细胞(图 4－7)。

3. 双子叶植物根的次生结构

取花生或棉花的老根横切面，着重观察其次生结构：形成层细胞分裂产生的细胞，向外分化形成次生韧皮部，向内分化形成木质部，始终保持一层具分裂能力的形成层细胞。维管射线细胞呈径向行列，贯穿于次生结构之中。

4. 切片观察

① 蚕豆侧根发生的横切片。② 根瘤和菌根。

二、茎

1. 双子叶植物茎的初生结构

观察向日葵幼茎横切面，先在低倍镜下分清表皮、皮层、维管柱三大部分。维管柱呈束状，环状排列为圈、束间有髓射线，中央为发达的髓。在高倍镜下再作详细观察表皮、皮层和维管柱(维管束、初生韧皮部、束中形成层、初生木质部、髓射线和髓)(图 4－8)。

2. 单子叶植物茎的结构

观察单子叶植物——玉米和小麦茎的解剖特征。分别取玉米和小麦茎横切面，在低倍镜下观察表皮、基本组织和维管束的异同点(图 4－9)。

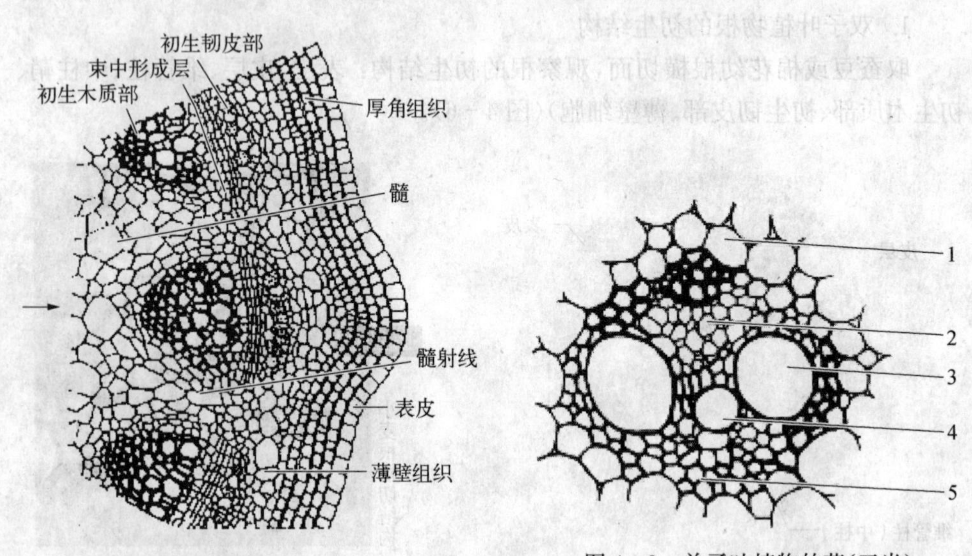

图 4－8　双子叶植物的茎(向日葵)

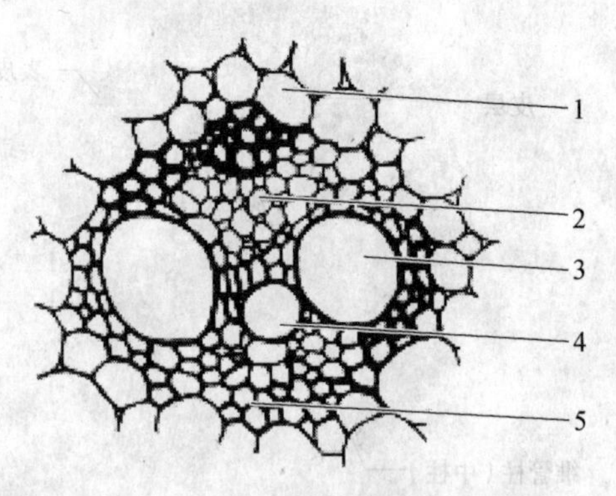

图 4－9　单子叶植物的茎(玉米)

玉米茎的一个微观束

1. 基本组织；2. 初生韧皮部；3. 后生木质部；
4. 原生木质部；5. 微管束鞘图

3. 双子叶植物茎的次生结构

取椴树茎(1～3 年生)横切面，观察其次生结构，观察周皮、皮层、韧皮部、韧皮射线、形成层、木质部、木射线、年轮、髓、髓射线。

三、叶

1. 双子叶植物叶片的结构

以棉花叶(横切)为例，观察表皮、叶肉(栅栏组织、海绵组织)、叶脉(图 4－10)。

2. 单子叶禾本科植物叶片的结构

以小麦、玉米叶(横切)为例，观察表皮(保、副卫细胞，泡状细胞)、叶肉、叶脉(C3、C4)(图 4－11)。

3. 叶片结构与其生态类型相适应的特点

以夹竹桃为例，着重观察以下几点：

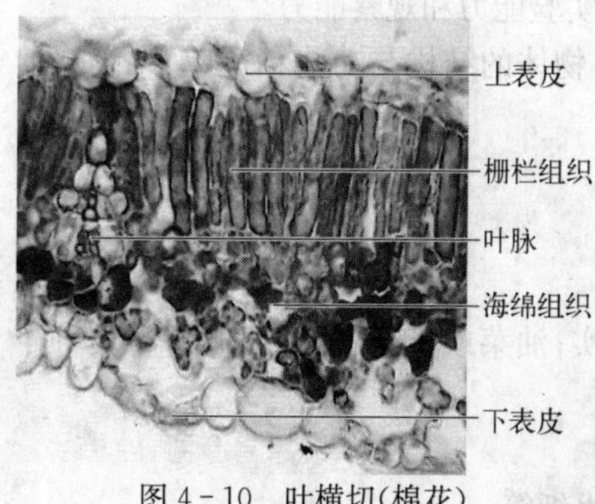

图 4-10 叶横切(棉花)

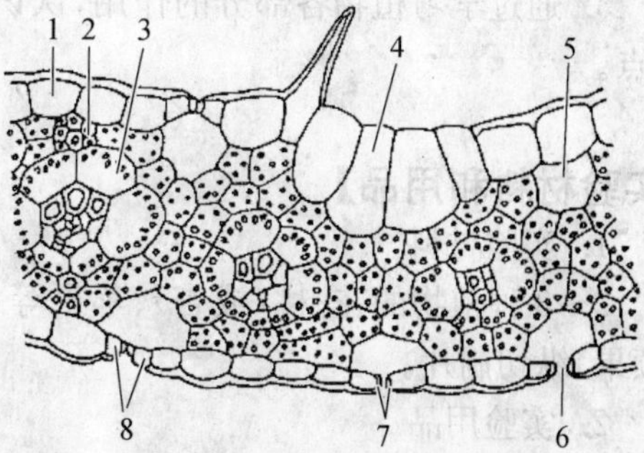

图 4-11 叶横切(玉米)

1. 表皮;2. 机械组织;3. 维管束鞘;4. 泡状细胞
5. 胞间隙;6. 气孔;7. 保卫细胞;8. 副卫细胞

(1) 表皮外壁发达的角质层,表皮下复表皮,气孔窝及气孔。

(2) 靠近上、下表皮的部分为栅栏组织,海绵组织位于中层,层次较多,胞间隙不发达、叶肉细胞中常含有晶簇。

(3) 叶脉发达,为双韧维管束,还可见形成层,其他小叶脉只看到木质部和韧皮部的少数细胞。

4. 切片观察

松针叶横切。

【实验报告】

1. 绘双子叶植物根、茎、叶简图,并标注各部分名称。

2. 绘单子叶植物根、茎、叶简图,并标注各部分名称。

【思考题】

1. 比较单子叶、双子叶植物根的构造有何异同。

2. 双子叶植物根是怎样形成次生构造的?

3. 比较单子叶(禾本科)植物茎的解剖结构和双子叶植物茎的初生结构各有什么特点?

实验三 植物繁殖器官——花、果实、种子的解剖与观察

【实验目的】

1. 了解植物的花、果实、种子基本形态结构,掌握花的基本形态和解剖结构。

2. 学会解剖和观察的方法，进一步培养实验能力和观察能力。

3. 通过学习植物各部分的作用，认识生物体的结构与功能相适应、相统一的观点。

【实验材料和用品】

1. 实验材料

2～3 种植物的花；桃（或杏）、苹果等果实；油菜或其他植物的种子；小麦种子（颖果）纵切制片。

2. 实验用品

显微镜、载玻片、镊子、解剖针、刀片、吸水纸等。

【实验方法与步骤】

一、花的解剖与观察

(1) 对照花的结构图，先观察花的形态，识别花的各个部分：花柄、花托、花萼、花冠、雄蕊和雌蕊（图 4-12）。

(2) 依次摘下花萼、花冠、雄蕊，记录它们的位置关系。

(3) 用放大镜观察雄蕊的花丝和花药，用显微镜观察花粉粒的形态。

(4) 用放大镜观察雌蕊及子房内的胚珠。

(5) 画出桃花的平面结构简图。

二、果实的解剖和观察

1. 真果的结构

真果外为果皮，内含种子。一般可分为外果皮、中果皮和内果皮等结构。外果皮上常有气孔、角质、蜡质、表皮毛等。中果皮在结构上变化较大，有些植物的中果皮是由多汁的、贮有丰富营养物质的薄壁细胞组成，成为果实中的肉质可食用部分，如桃、李、杏等，而有些植物的中果皮则常变干收缩，成膜质或革质，如蚕豆、花生等。内果皮在不同植物中也各有其特点，有些植物的内果皮肥厚多汁，如葡萄等，而有些植物的内果皮则是由骨质的石细胞构成，如桃、杏、李、胡桃等。

以桃果实为例，果皮明显分为外果皮、中果皮和内果皮三层结构。外果皮由一层表皮细胞和数层厚角组织的细胞组成，表皮外有很多毛；中果皮由许多大型的薄壁细胞和维管束组成，肥厚多汁，内含丰富的营养物质，且在三层果皮中最为发达，是主要的食用部分；内果皮坚硬呈硬壳状，由石细胞构成，机械强度高，起着很好的保护作用，保护着其内部的种子（图 4-13）。

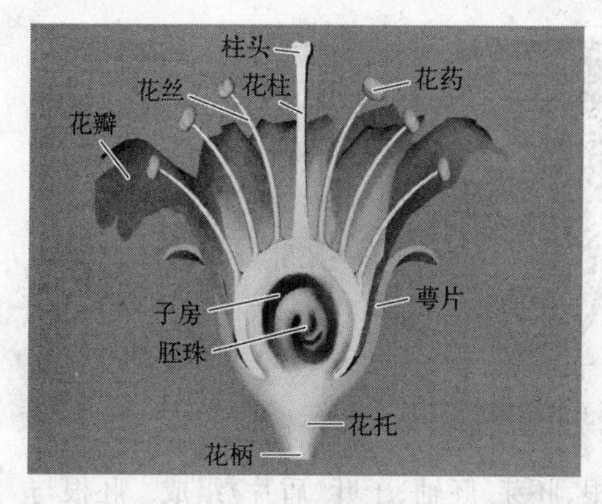

图 4 - 12　花的结构

图 4 - 13　桃果实的结构

2. 假果的结构

假果的结构比较复杂，除由子房发育而成的果皮外，还有其他部分参与果实的形成。例如梨、苹果(图 4 - 14)的食用部分，主要由花托发育而成，占较大比例，中部才是由子房发育而来的部分，占的比例较小，但仍能区分出外果皮、中果皮和内果皮等结构，内果皮以内为种子。

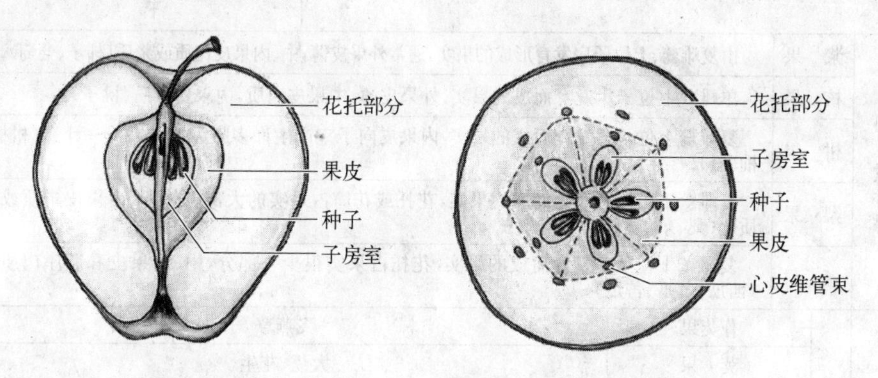

图 4 - 14　苹果的结构

三、种子的解剖和观察

(1) 选取一粒(浸泡过的)玉米种子，观察其形态特征。

(2) 将玉米种子置于载玻片上，用解剖刀纵切(图 4 - 15)，观察其内部结构。

种皮：主要由纤维素构成，表面光滑，一般无色，包围整个种子，具有保护种子不受外力机械损伤和防止病虫害入侵的作用。

胚乳：位于种皮内部，最外层由单层细胞组成，这些细胞充满含有大量蛋白质的糊粉粒，形成糊粉层。糊粉层下的胚乳分为粉质胚乳、角质胚乳。胚乳起到贮藏养料供给种子萌发的作用。

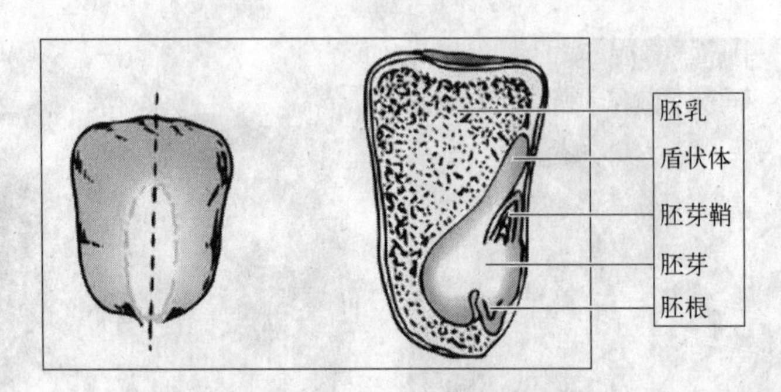

图 4－15　玉米种子的结构(纵切面)

胚：构成种子的最重要部位。由胚根、胚芽、胚轴、子叶(盾片)组成。胚根与胚芽的顶端具有生长点，由胚性细胞组成，种子萌发时，这些胚性细胞能很快分裂、长大，使胚根和胚芽分别伸长，突破种皮，长成新植株的根、茎、叶。同时，胚轴也一起生长，成为幼根或幼茎的一部分。

表 4－1　果实的类型

<table>
<tr><td colspan="4" rowspan="2">根据果实成熟时果皮的性质将单果分为</td><td colspan="2">肉质果</td></tr>
<tr><td colspan="2">干　果</td></tr>
<tr><td rowspan="5">肉质果</td><td colspan="2">浆　果</td><td colspan="3">由复雌蕊、上位子房发育形成的果实，通常外果皮薄，中、内果皮肉质或浆质(柿子、葡萄)。</td></tr>
<tr><td colspan="2">核　果</td><td colspan="3">单雌蕊上位子房发育而成的果实，外果皮薄，中果皮肉质，内果皮骨质(桃子)。</td></tr>
<tr><td colspan="2">柑　果</td><td colspan="3">复雌蕊上位子房发育而成的果实，内果皮向子室产生许多膨大的腺毛——汁囊(柑橘、柚、橙)。</td></tr>
<tr><td colspan="2">梨　果</td><td colspan="3">复雌蕊下位子房发育而成的果实，花托或花筒占果实的大部分体积，内果皮革质或木质化(梨、苹果)。</td></tr>
<tr><td colspan="2">瓠　果</td><td colspan="3">复雌蕊下位子房发育而成的果实，花托占果实很少一部分，中、内果皮和胎座肉质化(西瓜、黄瓜、苦瓜)。</td></tr>
<tr><td rowspan="13">干果</td><td rowspan="8">裂果</td><td colspan="2">蓇葖果</td><td colspan="2">飞燕草</td></tr>
<tr><td colspan="2">荚　果</td><td colspan="2">大豆、花生</td></tr>
<tr><td rowspan="2">角　果</td><td>长角果</td><td colspan="2">油菜、白菜</td></tr>
<tr><td>短角果</td><td colspan="2">荠菜</td></tr>
<tr><td rowspan="4">短角果</td><td rowspan="2">纵裂</td><td>背　裂</td><td>油茶</td></tr>
<tr><td>腹　裂</td><td>烟草、芝麻</td></tr>
<tr><td>横裂</td><td colspan="2">车前、马齿苋</td></tr>
<tr><td>孔裂</td><td colspan="2">罂粟、石竹科</td></tr>
<tr><td rowspan="5">闭果</td><td>瘦　果</td><td colspan="3">向日葵</td></tr>
<tr><td>坚　果</td><td colspan="3">板栗、莲子</td></tr>
<tr><td>翅　果</td><td colspan="3">榆、槭、杜仲</td></tr>
<tr><td>分　果</td><td colspan="3">胡萝卜、芹菜</td></tr>
<tr><td>颖　果</td><td colspan="3">水稻、小麦、玉米</td></tr>
</table>

【实验报告】

1.绘制一个胚珠的结构简图,注明各部分名称。详细绘制胚囊,并分析其所处的发育时期。

2.从发育上说明果实和种子的不同及关系。

【思考题】

通过解剖观察,思考假果(如苹果)与真果(如桃或杏)有何不同。

实验四 苔藓、蕨类植物的形态特征及分类

【实验目的】

1. 掌握苔藓和蕨类植物的主要特征。

2. 认识一些常见的苔藓、蕨类植物。

3. 初步了解苔藓、蕨类植物的分类。

【实验原理】

苔藓是一类结构比较简单的非维管束高等植物,通常分为苔纲和藓纲两大类。大多生于阴湿环境,是植物从水生到陆生过渡形式的代表。苔藓植物有类似根、茎和叶的部分,但没有维管系统。配子体占优势,孢子体寄生在配子体上,代表植物有葫芦藓和地钱等。

蕨类植物是高等植物中比较低级的一门,是最原始的维管植物。具有维管系统,生长在湿润、肥沃的阳坡。孢子体发达,产生孢子囊和孢子,具有根、茎、叶的分化;配子体简化,称为原叶体。蕨类植物通常分为水韭纲、松叶蕨纲、石松纲、木贼纲和真蕨纲。

【实验材料和用品】

1. 实验材料

地钱、葫芦藓的标本或新鲜植物体,地钱配子体、孢子体切片,葫芦藓孢子体、配子体装片,蕨,槐叶苹。

2. 实验用品

显微镜、解剖针、放大镜等。

【实验内容与方法】

一、苔藓植物

1. 苔纲

观察地钱标本(图 4－16)或装片。地钱植物体为绿色、扁平、二叉分支的叶状体,有背腹之分。背面有气孔、胞芽杯等,腹面有白色的假根和紫色的鳞片。地钱为雌雄异株,生殖季节可分别在雌雄配子体背面看到雌器托和雄器托。地钱孢子体由孢蒴、蒴柄和基足三部分组成。

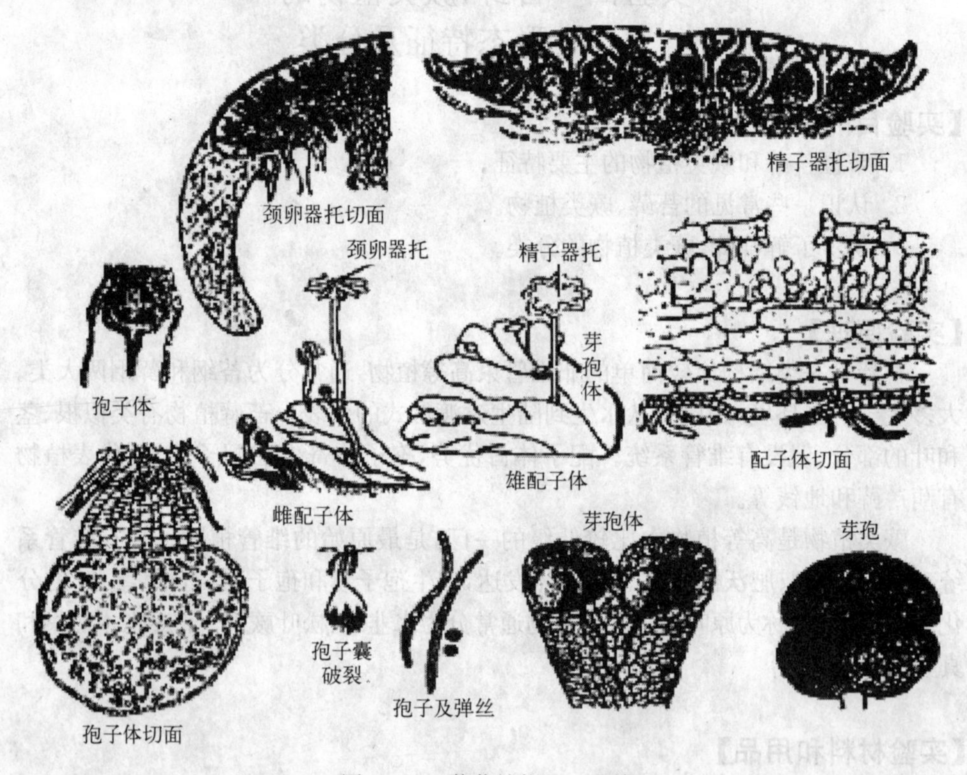

图 4－16　苔藓植物——地钱

2. 藓纲

观察葫芦藓标本(图 4－17)或装片。葫芦藓配子体为直立的茎叶体,茎短而柔弱,基部具假根。叶丛生,螺旋状着生,卵形或舌形,有一条明显的中肋。孢子体具细长的蒴柄,孢蒴长梨形,悬垂。用镊子轻轻揭去孢蒴上的蒴帽、蒴盖,可见蒴囊,压破蒴囊,可见其内的黄色孢子。

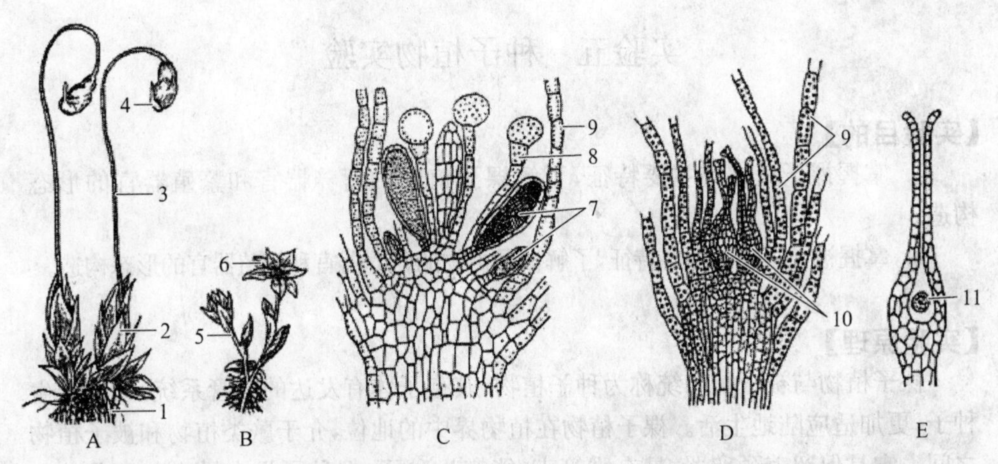

图 4-17 苔藓植物——葫芦藓

A. 具孢子体植株；B. 具颈卵器植株；C. 雄枝枝端纵切面；D. 雌枝枝端纵切面；E. 成熟的卵（颈沟细胞，腹沟细胞已消失）。

1. 假根；2. 叶；3. 孢子体；4. 雌枝；5. 雄枝；6. 精子器；7. 隔丝；8. 叶；9. 颈卵器；10. 卵。

二、蕨类植物

观察蕨的原叶体装片。原叶体很小，心脏形，腹面具假根。假根之间分布着球形的精子器。心形原叶体内凹陷处有许多颈卵器，颈卵器的腹部埋藏在原叶体组织内，而颈部则伸出原叶体的下表面，因而从顶部观察呈圆形。

观察槐叶苹。孢子体有茎、叶之分，无根。茎匍匐生长，每节三叶轮生，上面两片叶绿色、扁平，浮于水面形成羽状排列，似槐树叶，下面一片叶裂为细丝，形如须根，沉于水中。孢子囊果球形，密被褐色毛，着生与水下叶的叶片基部，呈集结状排列，是由囊群盖变态而成的。孢子果分为大、小两种，大孢子果较小，内生少数大孢子囊；小孢子果较大，内生多数小孢子囊。

【实验报告】

1. 绘制地钱叶状体切面观图，示各部分结构。
2. 绘制葫芦藓配子体与孢子体外形图，示各部分结构。
3. 绘制蕨原叶体腹面观图，示精子器和颈卵器。

【思考题】

1. 试比较苔纲和藓纲的不同。
2. 苔藓植物和蕨类植物的结构上有哪些区别？

实验五　种子植物实验

【实验目的】

1. 掌握裸子植物的主要特征，了解裸子植物的营养器官和繁殖器官的形态构造。

2. 掌握被子植物的主要特征，了解被子植物的营养器官和繁殖器官的形态构造。

【实验原理】

裸子植物与被子植物统称为种子植物，其孢子体有发达的维管系统，繁殖产生种子，更加适应陆地生活。裸子植物在植物界中的地位，介于蕨类植物和被子植物之间。它是保留着颈卵器，具有维管束，能产生种子，但种子没有果皮包被着的一类高等植物。被子植物种子外被果皮包裹，被子植物有双受精现象，形成三倍体胚乳。裸子植物包括苏铁、银杏、松柏等种类；被子植物种类繁多，在地球大多数地区占有生长优势。

【实验材料和用品】

1. 实验材料

马尾松带叶的小枝、雄球花、球果及种子，蔷薇属的叶枝、花和果实；

2. 实验用品

显微镜、解剖镜、放大镜、解剖刀、解剖针等。

【实验方法与步骤】

一、观察马尾松

1. 观察马尾松小枝

冬芽长圆形或卵状圆柱形，密被褐色鳞片；叶2针1束，基部有宿存叶鞘（图4-18）。将针叶放在解剖镜下观察，叶缘有细锯齿，叶的四周有白色气孔线。

2. 观察雄球花和雌球花

花雌雄同株，通常雄球花簇生于当年新枝的基部，雌球花则生长在新枝的顶端。

（1）雄球花（小孢子叶球）　观察雄蕊在花轴上的排列方式（图4-19），用镊子取下雄蕊放在放大镜下，观察每个雄蕊在花轴上有几个花药。用解剖针打开花药，取成熟的花粉粒在低倍镜下观察，每一花粉粒的两端有2个气囊，这种构造保证了花粉粒随风传播时，能浮游于空气中，落在雌球花的胚球上。

图 4 - 18 马尾松小枝　　图 4 - 19 小孢子叶球

(2) 雌球花(大孢子叶球)　观察球鳞在花轴上的排列方式(图 4 - 20),用镊子取下球鳞放在放大镜下观察,在球鳞的腹面可以看到两个白色的突出小体,就是胚珠,胚珠的下方有两条须状物,其间就是珠孔开口的方向。因此,胚珠是倒生的,不为珠鳞所包被;在珠鳞背面有 1 鳞片状物称为苞片。苞片和球鳞离生,但以后并不继续生长,只有球鳞长大后形成木质化,称为种鳞。

3. 球果和种子

取一成熟的球果,用解剖刀或枝剪取下一片带有 2 个种子的种鳞,种鳞的鳞盾菱形,扁平或微隆起,鳞脐微凹。再观察种子,具翅,翅的部分是由珠鳞表面组织产生(图 4 - 21)。

图 4 - 20 马尾松大孢子叶球

图 4 - 21 球果及种子

二、观察蔷薇

1. 枝叶观察

羽状复叶，小叶 7～9 枚，近圆形，边缘有锯齿；托叶小，下部与叶柄连生。

2. 花

花两性，花萼有 5 个萼片，花冠有 5 个离生的花瓣(有的种类有重瓣花，为萼片的倍数或更多，如有月季、野蔷薇等)；雄蕊多数，离生；花托深凹陷成瓶状、中空，密腺生于花托口边缘上；花柱伸出瓶状的花托口外，用刀片将花托纵切可看到多数离生的雌蕊着生在瓶状花托的内壁上，子房并不与花托合生，只是花托的形状发生了变化，仍属于子房上位。

3. 果实

果实为瘦果，成熟时由一肉质的花托所包围形成聚合瘦果，特称为蔷薇果。

【实验报告】

绘马尾松的珠鳞的腹面观图(标注珠鳞、苞鳞及胚珠)。

【思考题】

1. 比较裸子植物和被子植物的主要特征。
2. 课后观察并记录校园中的被子植物。

实验六　植物叶绿素的提取分离和理化性质观察

【实验目的】

1. 学习叶绿体色素提取和分离的方法。
2. 了解叶绿体内色素的种类及其理化性质。

【实验原理】

叶绿体中含有绿色素(包括叶绿素 a 和叶绿素 b)和黄色素(包括胡萝卜素和叶黄素)两大类。它们与类囊体膜上的蛋白质相结合，成为色素蛋白复合体。这两类色素都不溶于水，而溶于有机溶剂，故可用乙醇或丙酮等有机溶剂提取。提取液可用色层分析的原理加以分离。因吸附剂对不同物质的吸附力不同，当用适当的溶剂推动时，混合物中各成分在两相(流动相和固定相)间具有不同的分配系数，所以它们的移动速度不同，经过一定时间层析后，便将混合色素分离。

【实验材料和用品】

1. 实验材料

菠菜或其他绿色植物的新鲜叶片。

2. 实验用品

试剂：95%乙醇，石英砂，碳酸钙粉，苯，醋酸铜粉末，5%的稀盐酸，推动剂：石油醚∶丙酮∶苯＝10∶2∶1(体积比)；醋酸-醋酸铜溶液：6 g 醋酸酮溶于 100 ml 50%的醋酸中，再加蒸馏水 4 倍稀释而成；KOH－甲醇溶液：20 g KOH 溶于 100 ml甲醇中，过滤后盛于塞有橡皮塞的试剂瓶中。

器具：研钵 2 套，漏斗，100 ml 三角瓶，玻璃棒，剪刀，滴管，培养皿(直径 11 cm)，药勺，滤纸，20 ml 大试管，10 ml 小试管，试管架，分光镜，石棉网，药匙，烧杯(100 ml)，酒精灯，玻棒，铁三角架，刻度吸量管 2 ml、5 ml 各 1 支，火柴。

【实验方法与步骤】

一、叶绿体色素的提取

(1) 称取菠菜或其他植物新鲜叶片 5 g，洗净，擦干，去除中脉剪碎，放入研钵中。

(2) 研钵中加入少量石英砂及碳酸钙粉，加 3 ml 95%乙醇，研磨至糊状，再加 10～15 ml 95%乙醇，提取 3～5 min，上清液过滤于三角瓶中，残渣用 10 ml 95%乙醇冲洗，一同过滤于三角瓶中。

(3) 另取一研钵，放入剪碎的新鲜叶片，放入少量石英砂(不加碳酸钙粉)，用水研磨。先加 2 ml 蒸馏水，研至糊状，再加蒸馏水 30 ml，搅匀，不过滤。

二、叶绿体色素的分离

(1) 取 18 cm 长、2 cm 宽的层析滤纸一张，在下端 1.5 cm 处剪去两侧做干燥处理。

(2) 用毛细吸管吸取少量滤液，在距离纸条下端 1.5 厘米处均匀地划出一条滤液细线，待滤液干燥后(可用电吹风干燥滤液)再重复划几次，使其越浓越好。

(3) 量取 4ml 石油醚，用长滴管小心地将它注入大试管。注意勿使石油醚沾污管壁。在试管软木塞上装一小钩，将层析滤纸条挂在管塞小钩上，小心地将滤纸条伸入大试管。注意：先测量滤纸条挂钩长度，一定不要让石油醚没及滤液细线。

(4) 几分钟后，随着石油醚渗入滤纸条逐渐向上，4 种色素分子开始分离，待 4 种色素完全分开，在滤纸条上出现 4 条色素带。仔细辨认每条色素带的颜色以及它们在滤纸条上的排列次序。

(5) 取出滤纸条，在空气中自然干燥后，用笔标出 4 种色素的名称。

三、叶绿体色素的理化性质

1. 光对叶绿素的破坏作用

(1) 取 4 支小试管，其中两支各加入 5 ml 用水研磨的叶片匀浆，另外两支各加入 2.5 ml 叶绿体色素乙醇提取液，并用 95%乙醇稀释 1 倍。

(2) 取 1 支装有叶绿素乙醇提取液的试管和 1 支装有水研磨叶片匀浆的试管，放在直射光下，另外两支放到暗处，40 min 后对比观察颜色有何变化，解释其原因。

2. 荧光现象的观察

取 1 支 20 ml 刻度试管加入 5 ml 浓的叶绿体色素乙醇提取液，在直射光下观察溶液的透射光与反射光颜色有何不同？解释原因。

3. 皂化作用(绿色素与黄色素的分离)

(1) 在做过荧光现象观察的叶绿体色素乙醇提取液试管中加入 1.5 ml 20% KOH-甲醇溶液，充分摇匀。

(2) 片刻后，加入 5 ml 苯，摇匀，再沿试管壁慢慢加入 1～1.5 ml 蒸馏水，轻轻混匀(勿激烈摇荡)，于试管架上静置分层。若溶液不分层，则用滴管吸取蒸馏水，沿管壁滴加，边滴加边摇动，直到溶液开始分层时，静置。可以看到溶液逐渐分为两层，下层是稀的乙醇溶液，其中溶有皂化的叶绿素 a 和 b(以及少量的叶黄素)；上层是苯溶液，其中溶有黄色的胡萝卜素和叶黄素。

4. 吸收光谱的观察

将上述已分层的试管溶液，用分光镜观察两类色素的吸收光谱，首先让下层绿色素部分对准进光孔，看光谱有何变化；然后再将上层黄色素溶液对准进光孔，看光谱又有何变化。把观察的结果用简单的图表示出来。

5. H^+ 和 Cu^{2+} 对叶绿素分子中 Mg^{2+} 的取代作用

方法一：

(1) 取两支试管，第一支试管加叶绿体色素提取液 2 ml，作为对照。第二支试管中加叶绿体色素提取液 5 ml，再加入 5%HCl 数滴，摇匀，观察溶液颜色变化。

(2) 当溶液变褐后，再加入少量醋酸铜粉末，微微加热，观察记载溶液颜色变化情况，并与对照试管相比较。解释其颜色变化原因。

方法二：

另取醋酸-醋酸铜溶液 20 ml，以烧杯盛之。取新鲜植物叶片两片，放入烧杯中，用酒精灯慢慢加热，随时观察并记录叶片颜色的变化，直至颜色不再变化为止。解释原因。

【实验报告】

在层析后的滤纸条上标出各色素的名称。

【注意事项】

在低温下发生皂化反应的叶绿体色素溶液，易乳化而出现白絮状物，溶液浑浊，且不分层。可激烈摇匀，放在30～40℃的水浴中加热，溶液很快分层，絮状物消失，溶液变得清澈透明。

【思考题】

1. 研磨提取叶绿素时加入$CaCO_3$有什么作用？

2. 用不含水的有机溶剂如无水乙醇、无水丙酮等提取植物材料，特别是干材料的叶绿体色素往往效果不佳，原因何在？

3. 为什么层析液不能沾污管壁？不能浸没滤液细线？

4. 思考本实验有什么可以改进的地方。

第五部分　微生物学实验

实验一　细菌的简单染色和菌体形态的观察

【实验目的】

1. 学会细菌的涂片方法，了解并掌握细菌简单染色的原理和染色方法。

2. 观察比较细菌菌体的形态和排列方式。

【实验原理】

染色是细菌学上一个重要而基本的操作技术。因细菌细胞小而且透明，故在观察时要先将其染色。用于微生物染色的染料是一类苯环上带有发色基团和助色基团的有机化合物。发色基团赋予化合物颜色特征，助色基团则给予化合物能够成盐的性质。染料通常都是盐，分酸性染料和碱性染料两大类，碱性染料较常用，这是因为在中性、碱性和弱酸性溶液中，细菌细胞通常带负电荷，而碱性染料电离后带有正电荷，很容易与菌体结合使细菌着色。

【实验材料和用品】

1. 实验材料

枯草芽孢杆菌、金黄色葡萄球菌、大肠埃希菌。

2. 实验用品

试剂：吕氏美蓝染色液、结晶紫；香柏油、二甲苯、无菌水。

器具：普通光学显微镜；载玻片、接种环、酒精灯、擦镜纸、吸水纸。

【实验方法与步骤】

1. 涂片

在洁净的载玻片中央加一小滴无菌水，用灭菌的接种环取少许培养物置于水滴中并与水充分混匀，并涂成极薄的菌膜。

2. 干燥

涂片在空气中干燥。

3. 固定

手持载玻片一端，有菌膜一面向上，通过酒精灯微火三次。注意用手指触摸载玻片反面，以不烫手为宜。冷却。

4. 染色

滴加吕氏美蓝染色液或结晶紫于菌膜部位,覆盖菌膜,染色 1～2 min。

5. 水洗

斜置载玻片倾去染色液,用水自载玻片上端缓慢冲洗,直到流下的水无色为止。注意切勿使水流直接冲洗菌膜处。

6. 干燥

自然干燥,或用吸水纸轻轻吸去多余水分,或微微加热加快干燥速度。

7. 镜检

镜检结果见图 5-1～图 5-4。

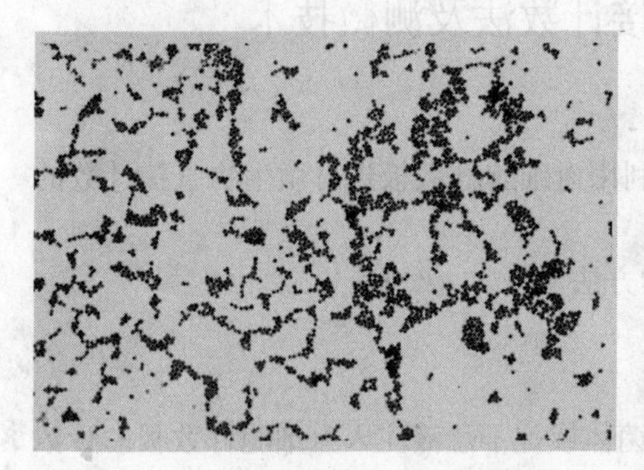

图 5-1 金黄色葡萄球菌革兰氏染色结果

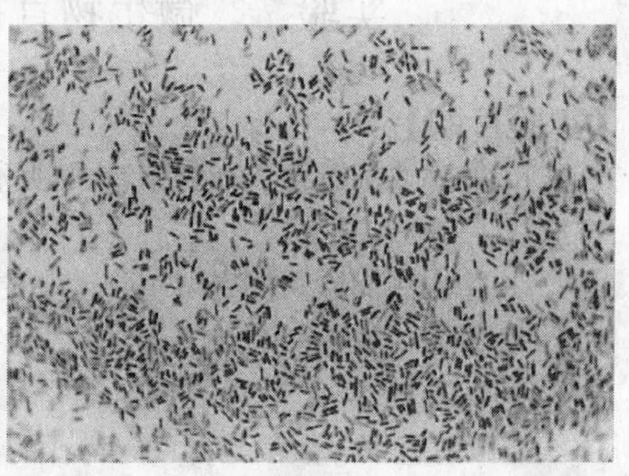

图 5-2 大肠埃希菌革兰氏染色结果

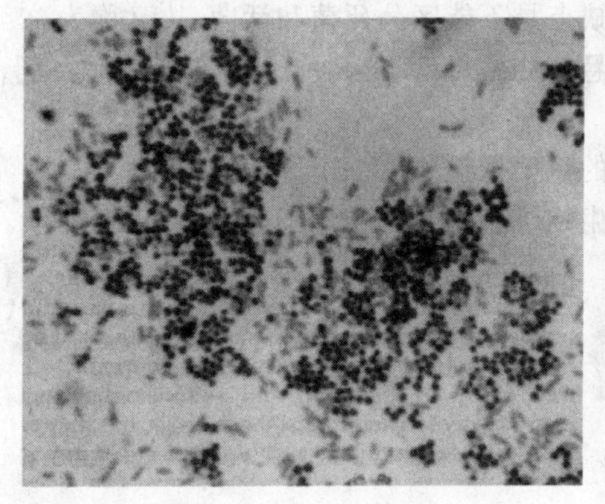

图 5-3 混合菌样的革兰氏染色结果

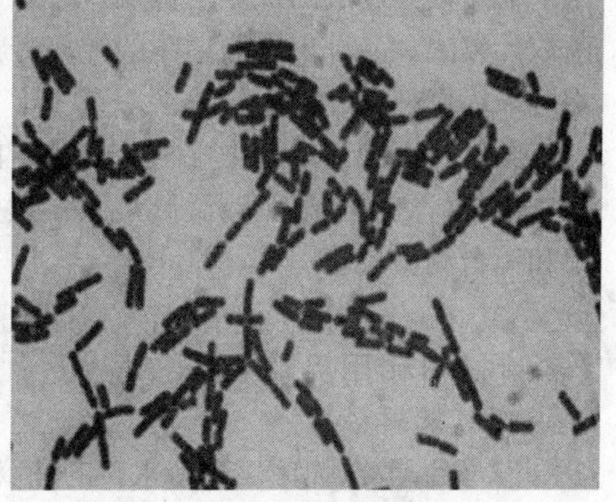

图 5-4 枯草芽孢杆菌革兰氏染色结果

【实验报告】

绘出枯草芽孢杆菌、金黄色葡萄球菌、大肠埃希菌的形态图,注明放大倍数及观察到的颜色。

【注意事项】

涂片在染色前要先进行固定。

【思考题】

1. 涂片在染色前为什么要先进行固定，固定时应注意什么问题？

2. 当你对未知菌进行染色时，怎样保证操作正确、结果可靠？

实验二　微生物直接计数法及测微技术

【实验目的】

1. 熟悉血细胞计数板的构造，掌握利用血细胞计数板进行微生物直接计数的方法。

2. 掌握用测微尺测定微生物大小的方法。

【实验原理】

显微镜直接计数法是将一定稀释的菌体或孢子悬液注入血细胞计数板的计数室中，于显微镜下直接计数的一种简便、快捷、直观的方法。由于计数室的容积一定（0.1 mm^3），故可根据在显微镜下观察到的微生物数目来换算成单位体积内的微生物总数。此法的优点是直观、快速；缺点是不能区分死菌和活菌，故又称为总菌数计数法。各种单细胞菌体的纯培养悬液如酵母菌、霉菌孢子和放线菌孢子等均可采用血细胞计数板计数。

微生物细胞大小是微生物分类鉴定的重要依据之一。由于菌体很小，要用测微技术进行测量。显微测微尺是测量微生物细胞大小的常用工具，包括目镜测微尺和镜台测微尺。

【实验材料和用品】

1. 实验材料

酵母菌悬液，无菌生理盐水，75％酒精。

2. 实验用品

血细胞计数板、无菌滴管、目镜测微尺、镜台测微尺、显微镜、载玻片、盖玻片等。

【实验方法与步骤】

1. 微生物直接计数

(1) 菌悬液制备　　将酵母菌用无菌生理盐水制成浓度适当的菌悬液。

(2) 镜检计数室　　对计数室进行镜检，若有污物，则需清洗后才能进行计数。

(3) 加样　　将菌悬液由盖玻片与刻有计数室平台的接触处边缘滴一小滴(不宜过多)，让菌液沿缝隙靠毛细渗透作用自动进入计数室(取样时先将菌液摇匀，加样时计数室不可有气泡产生)，静置 5 min。

(4) 显微镜计数　　将血细胞计数板置于显微镜载物台上，先用低倍镜找到计数室所在位置，然后换成高倍镜进行计数。计数时当遇到位于中格线上的菌体时，一般只计数此中格上方及右方线上的菌体(或只计数此中格下方及左方线上的菌体)。

(5) 清洗　　血细胞计数板使用完毕后，先以 75%酒精清洗消毒，再以蒸馏水淋洗，切勿用硬物洗刷，洗完后自行晾干或用吹风机吹干。

2. 具体计数方法

血细胞计数板是一块特制的厚载玻片，其上由四条槽构成三个平台，中间较宽的平台又被一短横槽隔成两半，每一边的平台上各刻有一个方格网，中间的大方格即为计数室(图 5-5)。计数室的刻度一般有两种规格：一种是一个大方格分成 16 个中方格，而每个中方格又分成 25 个小方格；另一种是一个大方格分成 25 个中方格，每个中方格又分成 16 个小方格(图 5-6)。但两种规格的每一个大方格中的小方格总数都是 400(16×25)，每一个大方格的面积为 1 mm^3。盖上盖玻片后，载玻片与盖玻片之间的高度为 0.1 mm，所以计数室的容积为 0.1 mm^3。在计数时，如果是 25 个中方格，通常数 5 个中方格(即左上、左下、右

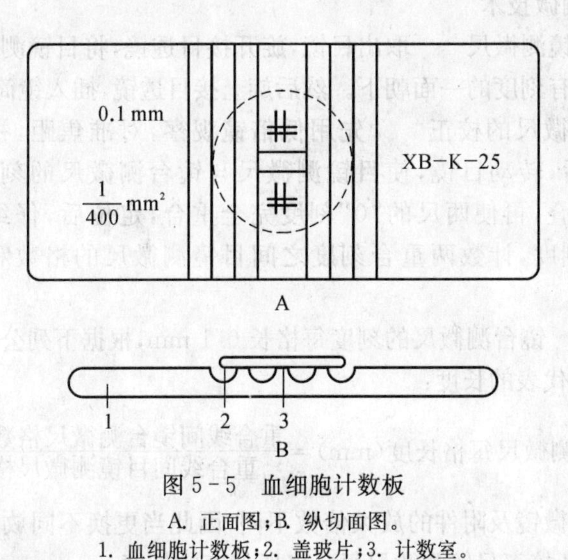

图 5-5　血细胞计数板

A. 正面图；B. 纵切面图。
1. 血细胞计数板；2. 盖玻片；3. 计数室。

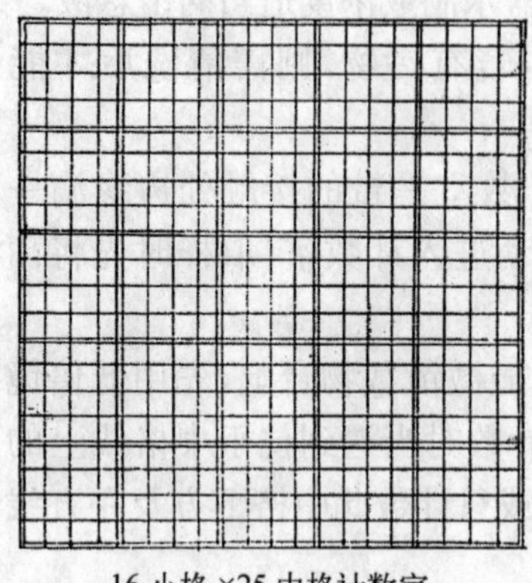

16 小格 ×25 中格计数室

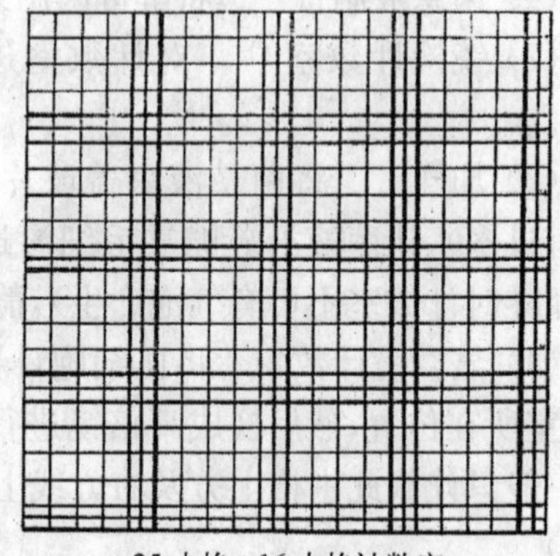

25 小格 ×16 中格计数室

图 5-6　计数室的两种规格

上、右下和正中)共计 100 个小方格的总菌数；如果是 16 个中方格，通常数 4 个中方格(即左上、左下、右上、右下)共计 80 个小方格的总菌数，然后求得每个小方格中菌数的平均值，再乘上 400，就得出一个大方格中的总菌数，然后再换算成 1 ml 菌液中的总菌数。可按照下列公式算出原孢子悬液的孢子浓度或原细胞悬液的细胞浓度：

样品中菌(或孢子)数(个/ml)＝每小格的平均数×400×稀释倍数×10 000

式中，10 000 表示 1 ml 的容积(即 1 000 mm^3)是一个计数室容积(0.1 mm^3)的 10 000 倍。

3. 微生物测微技术

(1) 放置目镜测微尺　取出目镜，旋开接目透镜，将目镜测微尺放在目镜中隔板上。注意：有刻度的一面朝下。然后旋上接目透镜，插入镜筒。

(2) 目镜测微尺的校正　先用低倍镜观察，对准焦距，视野中看清镜台测微尺的刻度后，转动目镜，使目镜测微尺与镜台测微尺的刻度平行，移动推动器，使两尺重叠，再使两尺的“0”刻度完全重合，定位后，仔细寻找两尺第二个完全重合的刻度，计数两重合刻度之间目镜测微尺的格数和镜台测微尺的格数。

(3) 计算　镜台测微尺的刻度每格长 0.1 mm，根据下列公式即可计算出目镜测微尺每格所代表的长度：

$$\text{目镜测微尺每格长度(mm)} = \frac{\text{重合线间镜台测微尺格数} \times 10}{\text{重合线间目镜测微尺格数}}$$

由于不同显微镜及附件的放大倍数不同，因此当更换不同放大倍数的目镜或物镜时，必须重新校正目镜测微尺每一格所代表的长度。

（4）测定　　目镜测微尺校正完之后，取下镜台测微尺。

在载玻片上滴加一滴酵母菌悬浮液，盖上盖玻片。避免产生气泡。

将制好的玻片置于镜台上，先在低倍镜下找到目的物，再在高倍镜下用目镜测微尺测量酵母菌菌体的长、宽各占几格。测出的格数乘上目镜测微尺每格的校正值，即等于该菌的长和宽。一般，同一样本测定典型大小的细胞5～10个，求其平均值

【实验报告】

将测得数据记录下列各表。

微生物计数的结果

计数室	各格中菌数					菌液稀释倍数	菌液浓度（个/ml）	平均菌液浓度（个/ml）
	1	2	3	4	5			
1								
2								

目镜测微尺校正结果（单位：mm）

物　镜	目镜测微尺格数	镜台测微尺格数	目镜测微尺校正值
10×			
40×			
100×			

酵母菌大小测定记录（单位：mm）

测定次数	1	2	3	4	5	6	7	平均值
细胞数								
长								
宽								

【思考题】

1. 用血细胞计数板计数时，哪些步骤容易造成误差？应如何尽量减少误差力求准确？

2. 更换不同放大倍数的目镜或物镜时，为什么必须用镜台测微尺重新对目镜测微尺进行校正？

实验三　放线菌、酵母菌及霉菌的形态观察

放线菌的形态观察

【实验目的】

1. 观察放线菌的基本形态特征。
2. 学习并掌握观察放线菌形态的基本方法，了解简单的鉴定方法。

【实验原理】

放线菌一般由分枝状菌丝组成，它的菌丝可分为基内菌丝(营养菌丝)、气生菌丝和孢子丝三种。放线菌生长到一定阶段，大部分气生菌丝分化成孢子丝，通过横割分列的方式产生成串的分生孢子。孢子丝形态多样，有直、波曲、钩状、螺旋状、轮生等多种形态。孢子也有球形、椭圆形、杆状和瓜子状等。它们的形态构造都是放线菌分类鉴定的重要依据。放线菌的菌落早期绒状，同细菌菌落月牙状相似，后期形成孢子菌落呈粉状、干燥，有各种颜色，呈同心圆放射状。

【实验材料和用品】

1. 实验材料

菌种：灰色链霉菌(*Streptomyces griseus*)(图 5-7)，天蓝色链霉菌(*S. coelicolor*)，细黄链霉菌(*S. microflavus*)(图 5-8)。

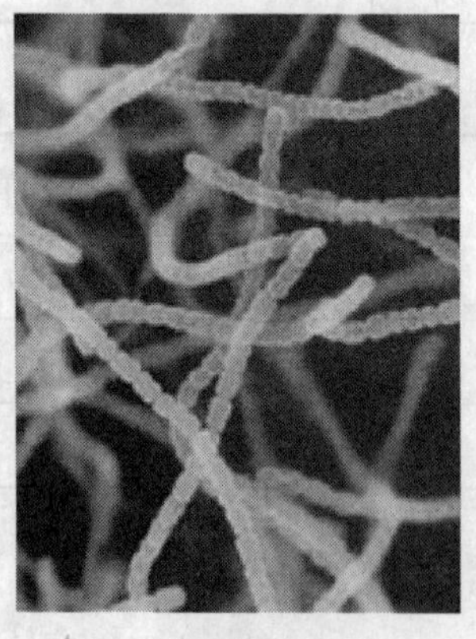

图 5-7　灰色链霉菌

图 5-8　细黄链霉菌菌落

2. 实验用品

培养基与染液：高氏 1 号培养基、番红染液。

器具：解剖刀、显微镜、盖玻片、载玻片、酒精灯。

【实验方法与步骤】

1. 用接种铲或解剖刀将平板上的菌苔连同培养基切下一小块，菌面朝上放在一载玻片上。

2. 另取一洁净载玻片置火焰上微热后，盖在菌苔上，轻轻按压，使培养物（气丝、孢丝或孢子）黏附在后一块载玻片中央，有印迹的一面朝上，通过火焰2～3次固定。

3. 用番红染液覆盖印迹，染色约1 min后水洗。

4. 干燥后显微观察（图5-9，图5-10）。

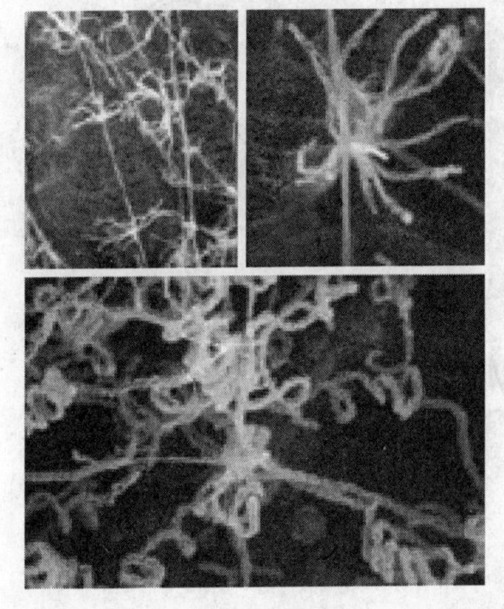

图5-9　放线菌的形态Ⅰ

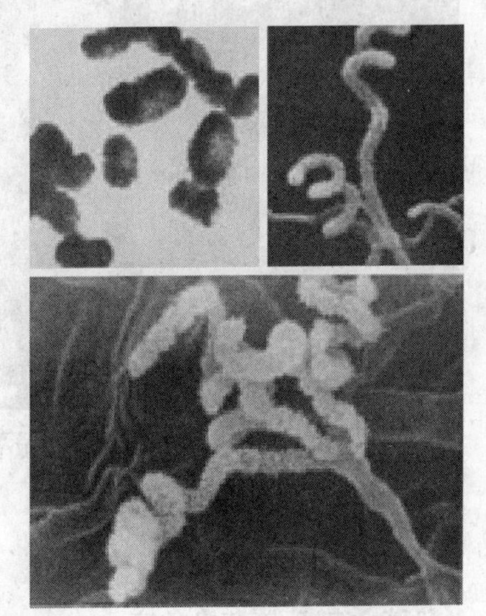

图5-10　放线菌的形态Ⅱ

【实验报告】

绘出放线菌的形态结构，并标明各部分名称。

酵母菌的形态观察及死细胞与活细胞鉴别

【实验目的】

1. 观察啤酒酵母的个体形态及其无性繁殖。

2. 观察假丝酵母的菌体结构、假菌丝以及繁殖特点。

【实验原理】

酵母菌是单细胞的真核微生物，细胞核和细胞质有明显分化，个体比细菌大得多。酵母菌的形态通常有球状、卵圆状、椭圆状、柱状或香肠状等多种。酵母菌的无性繁殖有芽殖、裂殖和产生掷孢子；酵母菌的有性繁殖形成子囊和子囊孢子。酵母菌母细胞在一系列的芽殖后，如果长大的子细胞与母细胞并不分离，就会形成藕节状的假菌丝。

【实验材料和用品】

1. 实验材料

菌种：酿酒酵母(*Saccharomyces cerevisiae*)(图 5－11,图 5－12),假丝酵母(*Candidamycoderma*)的试管斜面菌种。

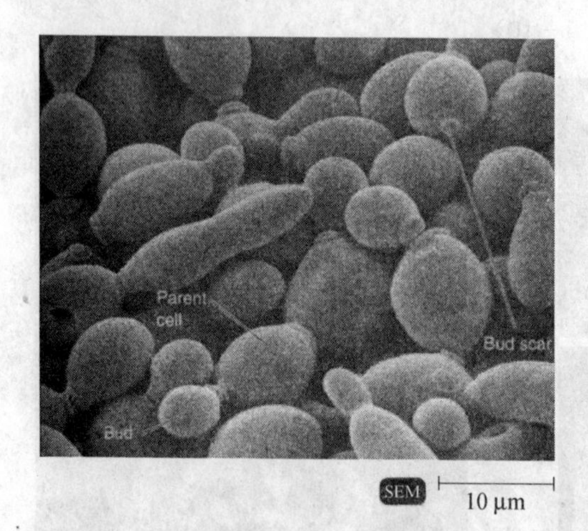

图 5－11　酿酒酵母

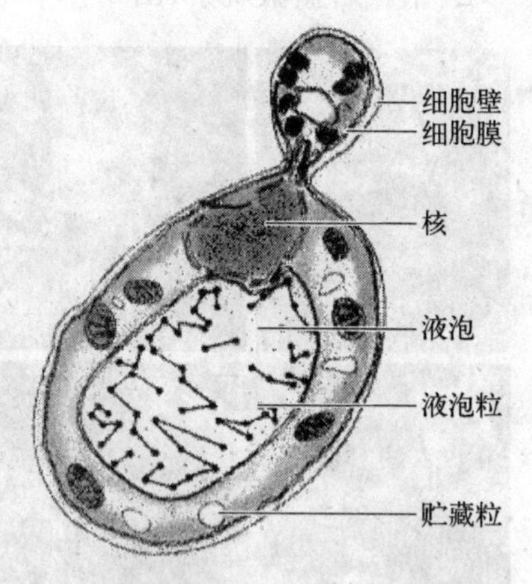

图 5－12　酿酒酵母菌示意图

2. 实验用品

染液：碘液、美蓝染色液。

器具：载玻片、盖玻片、吸管、显微镜、镊子。

【实验方法与步骤】

1. 美蓝浸片的观察

(1) 按无菌操作取少量酵母菌与 0.1％吕式碱性美蓝染色液,混合均匀,放置约 3 min 后,先用低倍镜后用高倍镜观察酵母的形态和出芽情况,并用颜色区别死细胞与活细胞。

(2) 染色 0.5 h 后再次观察,注意死细胞是否增加。

(3) 用 0.05％吕式碱性美蓝染色液重复上述操作。

2. 水-碘液浸片的观察

先滴加碘液后加水,取少量酵母菌混合均匀,盖上盖玻片观察。

【实验报告】

绘出酵母菌的形态结构,并标明各部分名称。

霉菌的形态观察

【实验目的】

1. 观察霉菌的菌丝以及菌丝体。

2. 学会用水浸法观察霉菌的技术。

【实验原理】

霉菌形态比细菌、酵母菌复杂，个体比较大，具有分枝的菌丝体和分化的繁殖器官。霉菌营养体的基本形态单位是菌丝，包括有隔菌丝和无隔菌丝。营养菌丝分布在营养基质的内部，气生菌丝伸展到空气中。在观察时要注意细胞的大小，菌丝构造和繁殖方式。

【实验材料和用品】

1. 实验材料

菌种：黑根霉(*Rhizopus nigricans*)、总状毛霉(*Mucor racemosus*)、产黄青霉(*Penicillum chrysogenum*)、木霉(*Trichoderma* spp.)、黑曲霉(*Aspergillus nigricans*)、犁头霉(*Absidia* spp.)等斜面菌种。

2. 实验用品

染液：乳酸—石炭酸液。

器具：解剖刀、载玻片、盖玻片、吸管、记号笔。

【实验方法与步骤】

1. 制水浸片

取洁净的载玻片，滴加一滴乳酸—石炭酸液，挑取不同菌株的一团菌丝，分别置于不同的载玻片上(用记号笔标记菌株名称)，加盖玻片。

2. 观察霉菌的菌落形态

选取标记青霉、木霉、毛霉、曲霉的载玻片，观察霉菌的菌丝及其分隔情况(图5-13)。观察菌丝体。观察分生孢子着生情况(要求辨认分生孢子梗、顶囊、小梗及分生孢子)(图5-14，图5-15)。

【实验报告】

绘出各种霉菌的形态结构，并标明各部分名称。

【思考题】

显微镜下，放线菌、酵母菌和霉菌的主要区别是什么？

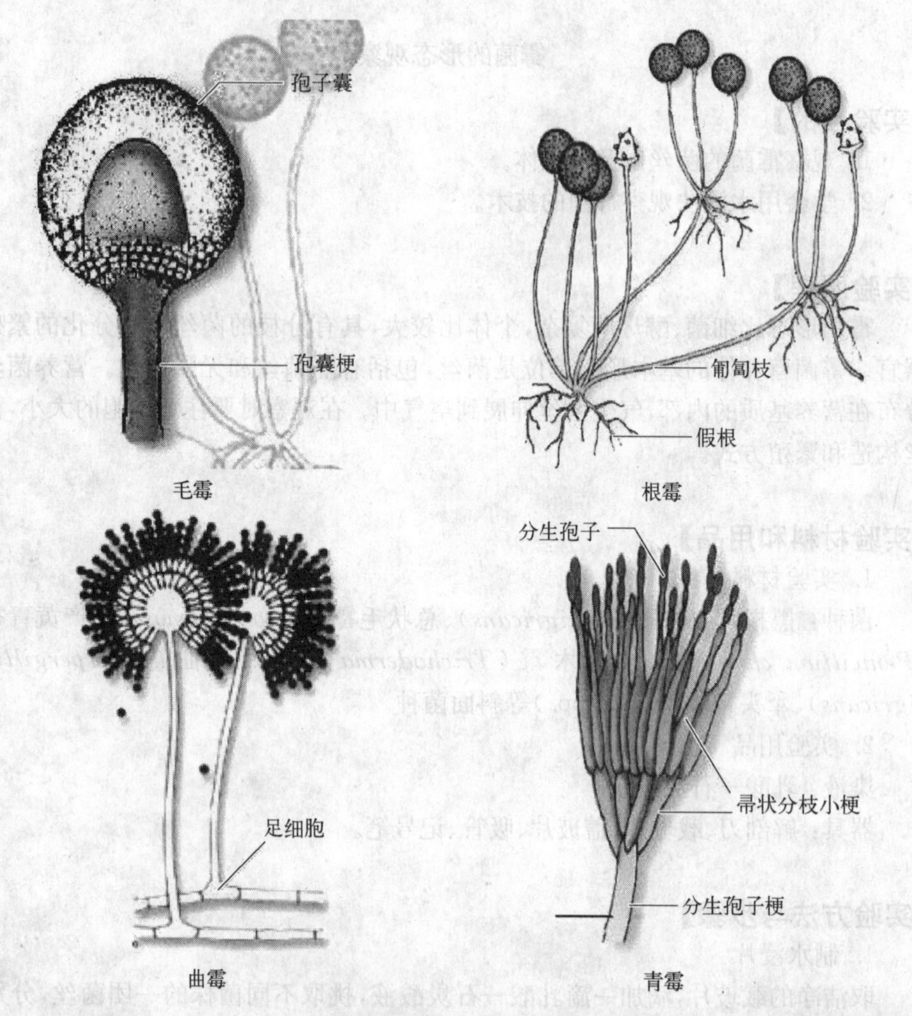

图 5-13　霉菌的代表属的形态特征

图 5-14　曲霉的分生孢子顶囊

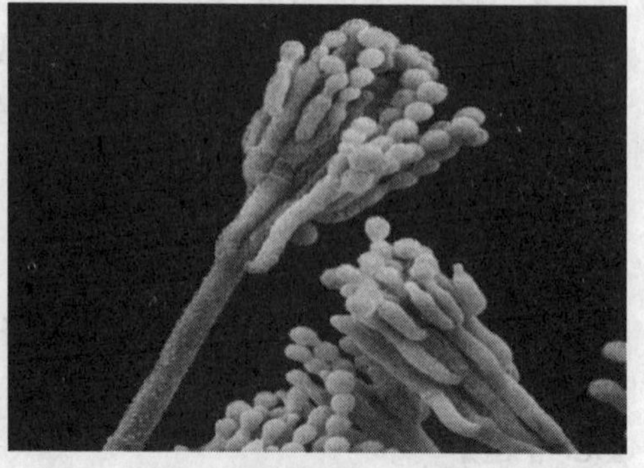

图 5-15　青霉的分生孢子梗顶部

第六部分 生态学实验

实验一 生态环境中综合生态因子的观察与测定

【实验目的】

1. 了解和掌握生态环境中主要生态因子的观测方法。
2. 学习使用常用的生态测定仪器，掌握操作方法。

【实验原理】

太阳辐射仪的感应主体由透光罩、感应器、干燥器等组成。透光罩是双层石英罩，既可以滤去投在黑片上的大气长波辐射，也可以防止风吹去黑白片上的热量。感应器下面干燥器内装有硅胶，以吸收罩内水分。辐射观察使用的记录器是灵敏度较高的电流表，测量时，将天空辐射表热电堆的热端(+)和冷端(−)分别与辐射电流表的正极和负极相接。

自动温度计是连续记录温度变化过程的变形温度计，由感应部分、杠杆系统和钟筒等三部分组成。感应部分的双金属片是由两条不同性质的金属(铜和铁)薄片沿平面焊接而成的一块双层平板，温度变化时，它的两个组成部分因膨胀量不同引起弯曲。钟筒的转动是靠装在钟筒下部的时钟装置驱动的，于是在记录纸上得到连续的温度变化记录。

手持风速测定仪由主机和风扇组成，由风力引起风扇的转动，再转换为电子信号由主机显示出来。手持风扇也可固定于脚架上，风扇与风的方向的夹角尽量保持在 20 度内，让风吹过风扇(扇叶中心藏有温度测感器)从 LCD 读取温度。

【实验器材】

太阳辐射仪(或照度计、智能辐射仪)，黑色遮阳板；多接头自动记录温度测定仪及附件，水银温度计、酒精温度计、土壤温度计，细绳，竹竿，记录笔、记录纸；通风干湿球温度计，露点温度计；数字式风速测定仪或手持风速测定仪；罗盘等。

【实验方法与步骤】

一、太阳辐射强度的测定

调节太阳辐射仪至水平位置，连接辐射仪与辐射电流表，或调整照度计至“0”

的位置,测下列项目。

1. 太阳辐射总量

将太阳辐射仪的探头直接暴露于太阳辐射下,待辐射电流表稳定后,记录读数,每隔 10～20 s 读数一次,连续读数三次,计算平均值。

2. 散射辐射量

在太阳辐射仪上面的一定高度,用黑色遮阳板遮住太阳辐射的直射部分,待辐射电流表读数稳定后,记录读数。每 10～20 s 读数一次,连续读数三次,计算平均值。

3. 直射辐射量

即太阳辐射总量与散射辐射量之差。

4. 地面反射辐射量

将太阳辐射仪探头朝向地面,并与地面平行,待电流辐射表读数稳定后,记录读数。每 10～20 s 左右读数一次,连续读数三次,计算平均值。

5. 不同环境辐射测定与比较

测定空地和林地两种环境中各种辐射量的数值,比较并总结变化规律。

二、气温和土温的测定

(1) 将一根竹竿(2～4 m)垂直于地面,距地面 1.5 m 处放一个多接头自动记录温度测定仪探头或温度计(注意不要让太阳光直射探头或温度计的下部,可用黑色遮阳板遮住阳光)。在一天的不同时间分别记录温度的数值。每隔约 10 min 记录一次读数。

(2) 用小镐挖约 20～50 cm 深的土炕,每隔 5 cm 放一支土壤温度计。每隔约 10 min 记录一次读数。

需要注意的是,当用温度计测定温度的时候,取出或取下温度计时应尽快读数,否则会增大误差。

三、湿度的测定

干湿球温度计包括两个温度计,其球部并排暴露在空气中。一个温度计球是干的,另一个温度计球有可湿润的棉纱套。在测定温度时,棉纱套用蒸馏水润湿,当气流通过时会造成蒸发,而蒸发失热必然造成温度的降低,这样就与实际的温度形成温差。干湿球温度的读数是在湿球已变为稳定的最小值时进行的。从干湿球温度计提供的湿球和干球温度,由下列公式得到实际水汽压:

$$e = em - 0.00066P(t - t')(1 + 0.00114t')$$

式中,e—— 干球温度时的实际水汽压(mmHg);

em ——湿球湿度时的饱和水汽压(mmHg);

t——干球温度(℃);

t'——湿球温度(℃);

P——大气压(mmHg)。

相对湿度是在一定温度下实际水气压对该温度饱和水汽压(饱和水汽压可由附表1查出)的比率乘以100。(相对湿度也可由附表2和3查出)公式为:

$$相对湿度 = 100e/em;$$

绝对湿度是在一定温度下每单位体积空气的水汽重量。公式为:

$$绝对湿度(g/m^3)=(289.30)e/T;$$

式中,e——实际水汽的压力(mmHg);

T——绝对温度。

四、风向和风速的测定

测定风有两个参数指标,即风向和风速。风向可以简单地用罗盘,或通过云的运动方向,或植被弯曲的方向测得。将数字式风速测定仪或手持风速测定仪等测定装置放置距地面 0.5 m 和 1.5 m 处,测定装置要与风向保持垂直,记录风速。注意不同高度风速的变化。比较空地和林地内部两种环境的风速的变化规律。

五、地形因子的测定

1. 坡向的测定

将罗盘打开,按照指针确定南北方位,首先确定坡向的南北位置。然后实验者面向正南或正北站立,保持罗盘水平和指针的南北指向,然后旋转罗盘使其长轴方向与要测的坡面所指的方向一致,记录指针与长轴偏转的角度,南偏东,或南偏西,或北偏东,或北偏西的角度即为该坡的坡向。

2. 坡度的测定

将罗盘侧立,使下层的刻度朝下,然后使罗盘的长轴与坡面保持平行。调节罗盘后面的旋钮使罗盘内部的水平仪调到水平,此时水平仪偏转的角度就是该坡的坡度。

【实验报告】

记录各实验结果,并总结比较规律。

实验二 鱼类对温度、盐度耐受性的观测

【实验目的】

1. 学习生物对生态因子耐受范围的研究方法。

2. 了解不同鱼类对极端温度、盐度的耐受能力及影响鱼类耐受能力的因素。

【实验原理】

不同的生物对温度、盐度等生态因子有不同的耐受上限和下限，且其对不同生态因子的耐受能力随生物种类、个体差异、年龄、驯化背景等因素的变化而变化。当多种生态因子共同作用于生物时，生物对各因子的耐受性之间存在密切关系。

【实验材料和用品】

1. 实验材料

金鱼、热带鱼。

2. 实验器具

水族箱、冰箱、恒温箱、温度计、盐、冰、天平、纱布等。

【实验方法与步骤】

1. 观察鱼类对高温和低温的耐受能力

(1) 建立环境温度梯度（如 5℃、15℃、25℃、35℃、40℃等）。

(2) 对实验鱼类进行称重，并记录其种类、驯化背景等。

(3) 将不同种类的实验鱼每 10 条分成一组，分别暴露在不同温度下 30 min。观察其行为，如果正常，则停止观察；如有异常，则观察在该温度条件下动物死亡数达到 50%所需的时间。动物明显麻痹不动，即可认定死亡。

注意：若将动物放入低温（高温）环境中后，动物马上死亡，则说明温度过低（或过高），应提高（降低）2～3℃再观测。

(4) 记录鱼类在高温和低温环境下出现死亡的温度、死亡率、死亡率随时间的变化等情况。

2. 观察不同淡水鱼类对盐度的耐受能力

(1) 建立盐度梯度（20‰、40‰、60‰）。

(2) 对实验动物称重。

(3) 将不同种实验鱼分成每条 10 条一组，分别放入 20‰、40‰和 60‰的高盐度环境中，观察其行为 30 min，如有异常，则继续观察在该条件下动物死亡数达到 50%所需的时间。

【实验报告】

将观察结果记录于下表，并记录动物随盐度升高的行为反应。

极端温度下不同鱼类死亡率随时间的变化

动物名称	体重(g)	35℃下随时间(min)的死亡率(%)			10℃下随时间(min)的死亡率(%)			0℃下随时间(min)的死亡率(%)		
		30	60	90	30	60	90	30	60	90

鱼类对盐度的耐受力观测结果记录表

动物名称	体重(g)	20‰下随时间(min)死亡率(%)				40‰下随时间(min)死亡率(%)				60‰下随时间(min)死亡率(%)			
		30	60	90	120	30	60	90	120	30	60	90	120

【思考题】

分析鱼类对温度、盐度的不同耐受性与该种鱼类的生境和分布有何关系。

实验三　植物群落调查及物种多样性的测定

【实验目的】

1. 掌握群落表现面积、生活型谱的调查和确定方法。
2. 熟悉和掌握常用的物种多样性指数的计算方法。

【实验原理】

一定气候条件下的一个群落，常以一定频度分布的生活型为特征。最广泛采用的生活型分类系统是由丹麦学者 Raunkiaer 提出的，主要根据植物休眠芽或复苏芽与地面的位置关系(高、低、地表、地下等)分成五大类生活型，即高位芽植物、地上芽植物、地面芽植物、隐芽(或地下芽)植物、一年生植物。

物种多样性是群落生物组成结构的重要指标，它不仅可以反映群落组织化水平，而且可以通过结构与功能的关系间接反映群落功能的特征。物种多样性代表了群落组织水平和功能的基本特征,它通常包含两种含义:① 种的数目或丰富度(species richness),即一个群落或生境中物种数目的多寡。② 种的均匀度(species evenness or equitability),即一个群落或生境中全部物种个体数目的分配状况,它反映的是各物种个体数目分配的均匀程度。多样性指数是反映丰富度和均匀度的综合指标,生态学考察中较多使用的多样性指数有辛普森指数(Simpson's index)、香农-威纳(Shannon-Wiener)指数及均衡度指数。

【实验材料和用品】

皮尺、测绳、花杆、海拔仪、测高器、指南针、记录板、样方框(20 cm×20 cm, 50 cm×50 cm, 100 cm×100 cm)、铅笔等。

【实验方法与步骤】

一、群落调查

调查方法是利用种类—面积曲线法,即在按一定比例增加取样的同时,记载与面积相应的植物种类、生活型类型和植物种累计数。在确定群落的表现面积后,该群落的植物种类名录、群落生活型谱即可得出。方法如下:

(1) 根据植物群落中的优势种、外貌特征和地形部位的变化选择典型调查地段。

(2) 按巢式小区的几何系统法逐步扩大取样面积,从 4 m^2 面积开始。具体取样方式与顺序可选下列两种之一(图 6-1)。

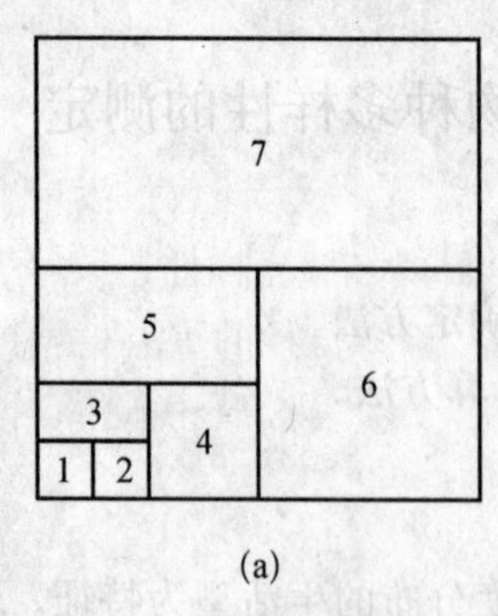

(a)

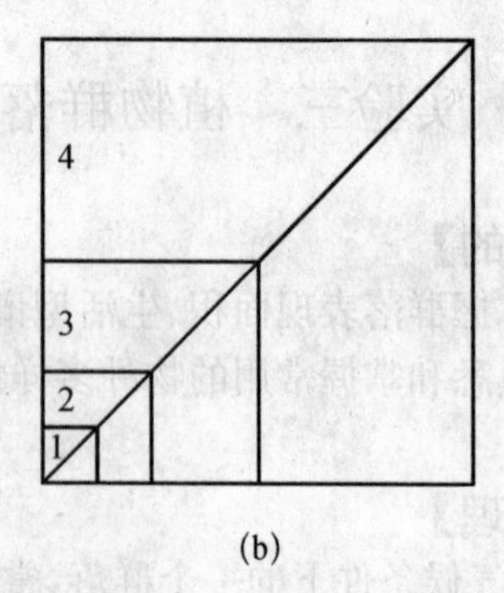

(b)

图 6-1　巢式小区几何系统法

按图 6-1(a)的方式扩大,则是:

1:第一次取样面积为 2 m×2 m;

1+2:第二次取样累计面积为 2 m×4 m;

1+2+3:第三次取样累计面积为 4 m×4 m;

1+2+3+4：第四次取样累计面积 4 m×8 m；

……

按图 6-1(b)的方式扩大，则是：

1：第一次取样面积为 2 m×2 m；

1+2：第二次取样面积为 4 m×4 m；

1+2+3：第三次取样面积为 8 m×8 m

……

(3) 在不断扩大累积取样面积的同时，应记载相应出现的新种名称、生活型和累计种数，并以直角坐标系的 X 轴代表累计的取样面积，以 Y 轴代表由小到大累计的取样面积上所发现的累计植物种数，绘制出种类—面积曲线。

这样在最初的一些取样次数的相应面积中累计的种类数会上升得较快，种类—面积曲线表现较陡。随着取样次数的增加，累积的取样面积增大，则新出现的种类逐渐减少，而重复出现的种类逐渐增多。当面积再增大时，累计的种类变化很少甚至无变化，种类—面积曲线趋向于平缓，此时在曲线上出现一个由陡变缓的转折点，继续扩大累积的取样面积已无意义，它说明这一转折点所对应的累计取样的面积对揭示群落的种类成分而言已满足需求。我们把处于转折点的面积称为该群落的表现面积或群落最小面积。这就为以后的调查样地(或标准地)大小的确定提供了依据。

二、物种多样性的测定

根据所调查的群落，以及所记录的调查结果，再根据公式，计算物种多样性指数。

1. 多样性指数的计算

植物尤其是草本植物数目多，且禾本科植物多为丛生，计数很困难，故采用每个物种的重要值来代替每个物种个体数目这一指标，作为多样性指数的计算依据。因此，首先按照下面的重要值的计算公式，计算出每个物种的重要值，再将每个物种的重要值代入辛普森多样性指数和香农-威纳指数计算公式中，分别计算群落的多样性指数。

辛普森(Simpson)多样性指数(D)：

$$D = 1 - \sum_{i=1}^{S} P_i^2$$

式中，P——种 i 的重要值；

S——物种数目。

香农-威纳指数(H)：

$$H = -\sum_{i=1}^{S} P_i \ln P_i$$

式中，P_i——种 i 的重要值；

S——物种数目。

2. 重要值的计算方法

乔木的重要值 $I_{vtr} = \frac{1}{300}$（相对密度+相对优势度+相对频度）

灌木和草本植物重要值 $I_{vsh} = \frac{1}{300}$（相对密度+相对优势度+相对频度）

式中，相对密度——（每个种的密度/所有种的密度之和）×100；

相对高度——（每个种的所有个体高度之和/所有种个体高度之和）×100；

相对优势度——（每个种所有个体的胸径断面积和/所有种个体的胸径断面积和）×100；

相对盖度——（每种的盖度/所有种的盖度之和）×100

【实验报告】

1. 根据所调查的群落绘制该群落的种类—面积曲线，在下表中记录调查情况。

群落种类组成、表现面积与生活型谱调查记载表

取样次数	累计面积	出现的新种数	累计种类	出现的新种的名称和生活型
1				
2				
3				
4				
5				
6				
7				
8				
9				

组别：　　　　调查人：　　　　时间：

2. 列出群落的植物名录（包括拉丁名），名录的制定与标本的制作见附录，并说明群落物种多样性特征。

【注意事项】

1. 如果调查的是森林群落，单株林木占的面积很大，而树冠下又很少有植物，因此开始取样的面积应大些，可以 2 m×2 m、5 m×5 m 或 10 m×10 m 为开始样方的起点。如果调查的是草本植物群落，则开始样方的面积可为 1 m×1 m。

2. 应当根据该群落的特征、分布状况选择在有代表性的地段取样调查。

3. 在扩大面积时，不要超出该群落所固有的特征之外，这可以比较容易地由优势树种、地形部位等方面加以确定。

4. 调查过程中对一些灌木、草本种类不能在野外定名时，应立即采集标本，在标本上编注号码，并记载相应的编号，以便查对种名。

【思考题】

思考物种多样性所具有的含义。

第七部分 综合性实验

实验一 小鼠骨髓细胞染色体制片与观察

【实验目的】

1. 掌握动物骨髓细胞染色体标本的制备技术。

2. 观察染色体的数目以及形态特征。

【实验原理】

染色体的数目及形态特征在一个物种内是相对稳定的，染色体上的基因决定了一个物种生长发育的全部信息。因此通过染色体分析，可以了解某一物种最基本的遗传指标。可直接用动物骨髓细胞制备细胞染色体标本。骨髓细胞具有丰富的细胞质和高度分裂能力，因此不必经体外培养，也不需要植物血球凝集素(PHA)的刺激，可直接观察到分裂细胞。经秋水仙素处理后，分裂的骨髓细胞被阻断在有丝分裂中期，再经离心、低渗、固定、滴片等步骤，便可制作出理想的染色体标本，是研究动物细胞遗传学的好材料。骨髓细胞染色体标本的制备，具有取材容易，方法简单易行等优点，设备也简单，在一般的实验室均可进行。

【实验材料和用品】

1. 实验材料

小白鼠(经秋水仙素预处理：实验前 2 h 左右，按动物每克体重 2～4 μg 的剂量，腹腔注射秋水仙素。)

2. 实验用品

试剂：carnoy 固定液(甲醇：冰醋酸＝3：1)、0.1%秋水仙素溶液(10 mg 秋水仙素，加入 10 ml 0.65%生理盐水)、低渗液(0.075 mol/L 的氯化钾溶液)、改良石碳酸品红溶液。

器具：天平、离心机、水浴锅、显微镜、注射器、解剖盘、解剖剪刀、染色缸、10 ml 离心管、吸管、烧杯、量筒、酒精灯、冰冻载玻片、吸水纸、擦镜纸等。

【实验方法与步骤】

1. 处死小鼠

秋水仙素处理 24～48 h 后，脱颈椎法处死小鼠，左手捏住小鼠尾巴，右手用镊子按住小鼠头部，左手捏住尾巴往后用力拉，致小鼠颈椎被拉断而死亡。

2. 取股骨

用解剖剪刀剪取小鼠大腿骨，用剪刀剔除掉肌肉(尽量剔除干净)。

3. 低渗

将剔除掉肌肉的腿骨放于小烧杯(盛有预先于 37℃ 温育的 2 ml 的氯化钾溶液)中，用剪刀将腿骨剪碎(尽量剪得很碎)，然后低渗处理 15 min。

4. 离心

将低渗后的上清液(不要骨头)倒入离心管，再加入 1 ml 固定液进行预固定，平衡后放入离心机，以 1 500 r/min 离心 10 min。

5. 第一次固定

弃上清，沉淀再加入 3 ml 固定液，用吸管轻轻吹打成细胞悬液，静置固定 10 min，平衡后放入离心机，以 1 500 r/min 离心 10 min。

6. 第二次固定

弃上清，再加入 3 ml 固定液，用吸管轻轻吹打成细胞悬液，静置固定 10 min，平衡后放入离心机，以 1 500 r/min 离心 10 min。

7. 制备细胞悬浮液

弃上清，将上清液倒尽，加入 0.5 ml 固定液，用吸管轻轻吹打成细胞悬液。

8. 滴片

用镊子取预先冰冻的干净载玻片，甩掉载玻片的冰水后迅速用吸管吸取细胞悬液在载玻片滴 2～3 滴(滴片的高度 30～35 cm，滴面不要重复)，立即用另一载玻片将溶液展开，使细胞染色体分散均匀，然后晾干，或置酒精灯上微微加热干燥。

9. 染色

将晾干后的载玻片插入染色缸中染色 10～15 min。染色后晾干。

10. 镜检

在低倍镜下找到中期分裂相的细胞，转用高倍镜，选择染色体分散适度、长度适中的分裂相进行观察。

(1) 先用低倍镜找到分裂细胞区，在分裂细胞区内寻找典型分裂相细胞。

(2) 当找到含有红色条状物质的细胞轮廓图像后，再用高倍镜观察染色体，尽可能地观察到染色体的长臂、短臂、着丝点位置及某些染色体次缢痕、随体。画下染色体数目齐全、分散度高、重叠很少的图像，记录其染色体数目。

(3) 正常情况下，常规染色时雄性小鼠有 3 个最短的染色体、1 对第 19 号染色体和 1 个 Y 染色体，而雌性小鼠只有 2 个最短的染色体(图 7-1，图 7-2)。

【实验报告】

绘小白鼠骨髓细胞染色体核型图。

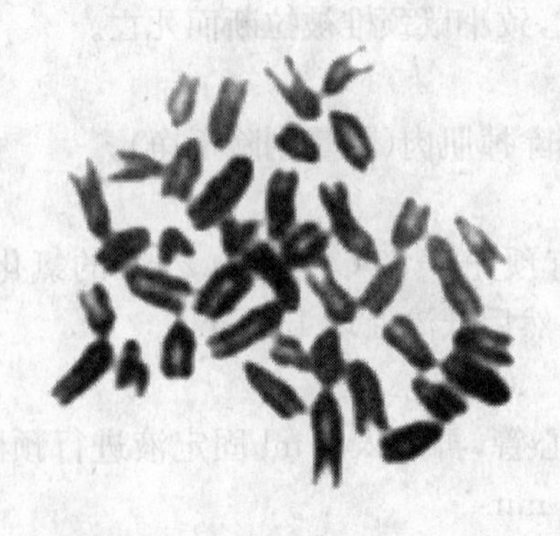

图 7-1 小鼠骨髓细胞染色体

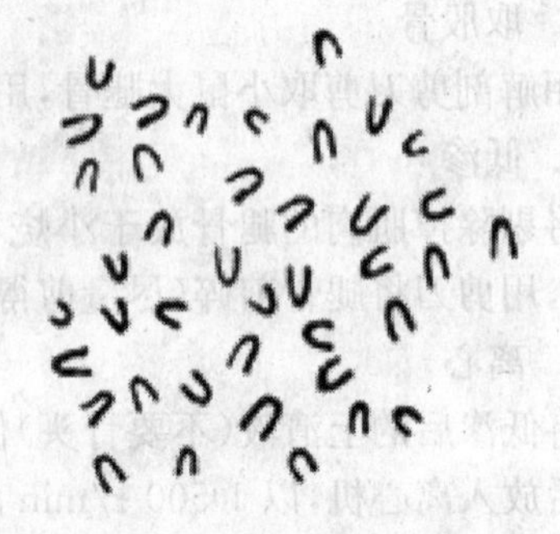

图 7-2 小鼠染色体核型

【注意事项】

1. 小鼠股骨肌肉尽量剔除干净，以防有过多肌肉细胞混杂其中。

2. 小鼠股骨尽量剪碎，利于骨髓细胞的释放。

3. 低渗处理是实验成败的关键，其目的使细胞体积胀大，染色体松散。至少需要 15 min，若低渗处理时间不足，则细胞内染色体聚集在一起，不能很好伸展开来，观察时无法区别和计数。若低渗处理时间过长，会造成细胞破裂，染色体丢失，不能准确计数。

4. 固定液要现配现用，固定要充分。

5. 滴片要有一定的高度，以利于细胞和染色体充分分散；要准确滴在载玻片上且不要重叠，用另一载玻片向同一方向将溶液展开。

6. 滴片后应晾干再染色，染色后也需晾干后再观察。

【思考题】

试分析并解释你在实验过程中遇到的问题。

实验二 反射时测定和反射弧分析

【实验目的】

1. 学习反射弧的测定方法。

2. 了解反射弧的组成及其各部分在反射活动中所起的作用。

【实验原理】

从皮肤接受刺激至机体出现反应的时间为反射时。反射时是反射通过反射弧所用的时间,反射弧的结构和机能完整性是实现反射活动的基础。反射弧的任何一部分受到破坏,均不能出现反射活动。脊髓是中枢神经系统的低级部位,机能比较简单,便于观察,所以一般用去掉脑髓的动物(称为脊动物)来进行,以肌肉的收缩所引起的肢体屈曲作为观察脊动物反射活动的指标。

【实验材料和用品】

1. 实验材料

蛙。

2. 实验用品

试剂:1%可卡因,0.5%、1%硫酸,任氏液。

器具:支柱台一个、双鼓夹1个、蛙肌夹1个、中式小剪1把、普通镊子2把、探针1支、玻璃分针2支、500 ml 烧杯1个、小滤纸片若干、培养皿3个、蛙尸缸1个、秒表1块、纱布1块、棉线1种、棉球若干。

【实验方法与步骤】

1. 制备脊髓蛙

用左手拇指和食指捏住青蛙腹部脊柱,右手将中式小剪伸入蛙口中,在鼓膜的后方(约在延髓与脊髓中间)剪去脑部,即为脊髓蛙。放置几分钟后,用钩子钩住蛙的下颌,挂在支柱台上。

2. 观察项目

(1) 用0.5%硫酸溶液浸泡蛙右后肢的中趾趾尖,观察其反应。同时用秒表记录从浸泡时起至蛙腿发生屈曲所用时间,反复观察三次,求其平均值,此值即为反射时。每次蛙腿屈曲后,应立即用清水洗净蛙脚趾上的残留硫酸,并用纱布轻轻揩干,以免烧坏感受器,影响再次实验。

(2) 绕右后肢趾关节上方将皮肤作一环形切口,用镊子剥去切口以下的皮肤(注意趾尖皮肤应剥离干净)。稍停片刻,再用0.5%硫酸溶液浸泡裸露的中趾趾尖,观察蛙腿是否屈曲。反复观察三次,每次做完后用清水洗净。

(3) 用1%硫酸溶液浸过的小滤纸片,贴在剥皮腿的股部内侧或其他部位的皮肤上,观察剥皮腿是否有屈曲反应。反复观察三次,每次做完后立即用清水冲洗净。

(4) 沿左腿股二头肌和半膜肌之间分离,找出坐骨神经,在神经下穿线备用。用0.5%硫酸溶液浸泡此腿中趾趾尖,观察蛙腿有无屈曲反应,反复作三次。每次做完后立即用清水冲洗净。然后在坐骨神经上放一浸过1%可卡因的小棉球,约经0.5 min后,用0.5%硫酸溶液浸泡该腿中趾趾尖,观察蛙腿是否出现屈曲反应。如果有反应出现,则以后每隔0.5 min用同样的方法刺激一次,直到不引起反应为止。

(5) 当左后肢反应刚刚消失，立即用浸过1%硫酸溶液的小滤纸片贴在左侧背部，该侧后肢可出现搔抓反射。每隔0.5 min重复一次，直到不能引起左后肢的反应为止。

(6) 用镊子夹住右后肢，出现屈曲反射后，再用探针插入脊髓管内上下抽动，破坏脊髓，使蛙全身松弛。再刺激全身任何部位，观察有无反射出现。

【实验报告】

记录实验过程中各项目测试中，出现反射现象的时间。

【注意事项】

1. 每次用硫酸浸泡蛙趾的部位应相同，以免因刺激强弱和部位不同而影响实验结果。

2. 硫酸浸泡蛙趾的时间只能是几秒到半分钟内，时间不能过长，以免烧伤皮肤和感受器。

3. 硫酸刺激后是否出现屈曲反应，都应立即以清水洗净残留硫酸，保护感受器。每次刺激后应隔2～3 min，再进行下一次刺激，以免互相影响。

4. 蛙趾在浸入硫酸时，趾部不能接触器皿。

【思考题】

反射时的长短主要取决于哪些因素？

实验三　常见植物群落特征调查与观测

【实验目的】

1. 理解群落基本结构特征。

2. 掌握植物群落各种数量特征的基本方法。

【实验原理】

植物群落的结构包括群落的外貌和生活型、垂直结构、水平结构、群落的时间格局、群落交错区等内容。通过实验，掌握基础生态学领域基本研究方法、手段，熟悉生态学研究的常规技术，提高学生分析和解决具体生态问题的能力和素质。在现实世界中通过生态学的方法和技术去获得，进而理解如何综合性地利用这些基本方法和技术开展综合性研究。

【实验材料和用品】

样方框、测绳(或皮卷尺)、钢卷尺、方格纸、计算器、铅笔、橡皮、细铁针、剪刀、信封、标签、铁锹、铲刀、多种孔径的土壤筛、镊子、坡度仪或水平仪、电子天平、电热烘干箱等。

【实验方法与步骤】

1. 样方法

(1) 基础数据测定。一般草地群落、灌丛群落调查和较长时期的定位和半定位观测用同样方法。首先选取样地,沿同一方向,视群落和斑块的大小,每组间隔5～20 m用测绳拉一条断面线。断面线长度根据研究的群落确定,草地群落至少需要20～50 m,林地80～100 m。沿断面线做样方,样方间隔为样方长度的5倍以上。

(2) 在确定样方的最小面积基础之上设置样方,如果是典型样地一般样方数最少为三个。然后在样方内测定并计算分析如下:

相对密度(RD)=(某种植物的个体数目/全部植物的个体数目)×100%;

密度比(DR)=某一个种的密度/最大密度种的密度;

相对盖度(RC)=(某一个种的盖度/所有种盖度的总和)×100%;

盖度比(CR)=某一个种的盖度/盖度最大的种的盖度;

相对优势度(RDE)=(某一个种的优势度/所有种的优势度之和)×100%;

相对频度(RF)=(某一个种的频度/全部种的频度之和)×100%;

频度比(FR)=某一种的频度/主要建群种的频度;

相对高度(RH)=(某一个种的高度/所有种的高度之和)×100%;

高度比(HR)=某一个种的高度/群落中高度最大的种之高度;

重要值(IV)=相对密度+相对优势度+相对频度。

各植物种按重要值大小排列,重要值最高的为该群落的建群种,其他优势种、伴生种、偶见种等群落成员型根据统计结果综合分析,将计算结果填入表7-1中。

2. 样线法

(1) 见“1. 样方法”中的第一步,可直接用断面线作样线,或沿断面线间隔一定距离以垂直于断面线的线为样线。样线的长度决定着调查对象的变异大小,实验时,可采取5～50 m的样线长度;各种不同长度的样线都以1 m长为一个区段单位。

(2) 设好样线后,从一端开始,登记被样线所截(包括线上、线下)植物。对所截取的植物记载其种名和3个测定数据:① 样线所截长度 L;② 植物垂直于样线的最大宽度 M;③ 所截个体数目 N。将数据填入表7-2中。并据此计算密度、盖度(优势度)、频度及相对密度、相对盖度、相对频度及重要值。计算方法如下：

密度＝($\sum_{i=1}^{N} 1/M$)×(样地面积/样线总长)；

相对密度＝(某一个种的密度/所有种的总密度)×100％；

盖度或优势度＝(某一个种被截长度的总和/样线总长)×100％；

相对盖度或相对优势度＝(某一个种被截长度的总和/所有种被截长度的总和)×100％；

频度＝(出现该种的区段数/样线区段总数)×100％；

相对频度＝(某一个种的加权频度/所有种的总加权频度)×100％；

重要值(IV)＝相对密度＋相对优势度＋相对频度。

表 7-1　样方统计分析表

日期：　地点：　群落：　编号或类型：　观测人：　样方大小：

种名	密度(株/ha)	优势度(m^2/ha)或盖度(％)	频度(％)	相对频度(％)	重要值

表 7-2　样线法记录统计分析表

植　物　种	A						……
样线长度	5 m	10 m	20 m	30 m	40 m	50 m	……
该种所截的长度总和 L							
全样线个体总数 N							
具有该种的样线区段数							
植物垂直于样线的最大宽度 M							
$\sum_{i=1}^{N} 1/M$							
密度							
相对密度							
优势度							
相对优势度							
频度							
相对频度							
样地面积							
重要值							

【实验报告】

根据实验测定数据，记录测定及计算结果。

实验四 饮用水中的微生物检验

【实验目的】

1. 了解和学习水中细菌总数和大肠菌群的测定原理和测定意义。
2. 学习和掌握水中大肠菌群的检测方法。

【实验原理】

水的微生物学的检验，特别是肠道细菌的检验，在保证饮水安全和控制传染病上有着重要意义，同时也是评价水质状况的重要指标。水的大肠菌群数是指100 ml 水检样内含有的大肠菌群实际数值，以大肠菌群最近似数（MPN）表示。国家饮用水标准规定，饮用水中大肠菌群数每升中不超过 3 个，细菌总数每 ml 不超过 100 个。目前，国际上已公认大肠菌群的存在是粪便污染的指标。因而对饮用水必须进行大肠菌群的检查。水中大肠菌群的检验方法，常用多管发酵法和滤膜法。多管发酵法可运用于各种水样的检验，但操作繁琐，需要时间长。滤膜法仅适用于自来水和深井水，操作简单、快速，但不适用于杂质较多、易于阻塞滤孔的水样。

【实验材料和用品】

1. 实验材料

水样，灭菌水（作阴性对照用），接种大肠埃希菌的水样（做阳性对照用）。

2. 实验用品

培养基：乳糖蛋白胨培养基（分装于试管中，内含倒置杜氏小管）、3 倍浓度乳糖蛋白胨培养基（分装于试管中，内含倒置杜氏小管）、伊红-美蓝（EMB）培养基；膜过滤肠球菌选择培养基（MEA）。

试剂：草氨酸结晶紫染液，路哥碘液，番红染色液；香柏油，二甲苯，无菌水，灭菌水（作阴性对照用），擦镜纸等。

器具：超净工作台，恒温培养箱，显微镜，灭菌移液管，接种环，酒精灯，无菌滤膜（0.45 μm），无菌膜过滤装置，真空泵等。

【实验方法与步骤】

一、多管发酵法

1. 初发酵实验

(1) 取5支装有3倍浓度乳糖蛋白胨培养基试管，标记水样名称和加水量10 ml；取5支装有乳糖蛋白胨培养基试管，标记水样名称和加水量1 ml；取5支装有乳糖蛋白胨培养基试管，标记水样名称和加水量0.1 ml。

(2) 用灭菌移液管分别吸取10 ml水样加入到标记好的3倍浓度乳糖蛋白胨培养基试管中；分别吸取1 ml水样加入到相应标记的乳糖蛋白胨培养基试管中；分别吸取0.1 ml水样加入到相应标记的乳糖蛋白胨培养基试管中。注意接种前将水样充分摇匀。

(3) 取1支装有3倍浓度乳糖蛋白胨培养基试管，标记阳性对照和加样量10 ml；取2支装有乳糖蛋白胨培养基试管，分别标记阳性对照和加样量1 ml、阳性对照和加样量0.1 ml。标记好后，按照标记的加样量分别向以上各支试管中加入接种 *E. coli* 的水样10 ml、1 ml、0.1 ml。

(4) 取1支装有3倍浓度乳酸蛋白胨培养基试管，标记阴性对照和加样量10 ml；取2支装有乳糖蛋白胨培养基试管，分别标记阴性对照和加样量1 ml、阴性对照和加样量0.1 ml。标记好后，按照标记的加样量分别向以上各支试管中加入灭菌水10 ml、1 ml、0.1 ml。

(5) 将以上接种后的所有试管于37℃培养48 h。

(6) 培养48 h后观察记录各加水量产酸产气的管数，即阳性管数。若只见产酸未见产气，轻轻拍打试管壁。

2. 平板分离

(1) 将上述实验中产酸产气试管中培养物以无菌操作技术分别在EMB平板上进行划线接种(要求长出单菌落)，于37℃培养24 h。

(2) 培养24 h后观察菌落特征：

a. 菌落深紫色，有金属光泽，为典型大肠菌群菌落；

b. 菌落深紫色，无金属光泽，为典型大肠菌群菌落；

c. 菌落粉红色、黏液状、不透明，为非典型大肠菌群菌落；

d. 其他特征，为非大肠菌群菌落。

(3) 挑取呈a、b、c菌落特征的菌进行革兰染色、镜检，观察革兰染色反应结果和观察芽孢的有无。

3. 复发酵实验

(1) 用接种环分别挑取经平板分离实验确认为革兰阴性、无芽孢杆菌的菌落上的菌接种于乳糖蛋白胨培养基中，于37℃培养24 h。

(2) 培养24 h后，观察产酸产气情况。凡是产酸产气者，即可最终确认为大肠菌群细菌。

二、膜滤技术

(1) 取一只MEA平板培养基，在其上标记水样名称。

(2) 将 100 ml 待测水样加入到膜过滤器中，抽滤，使水样通过滤膜。

(3) 用灭菌镊子将滤膜转移到已标记号的 MEA 平板培养基上。注意有菌一面朝上。

(4) 另取 2 块 MEA 平板培养基，在其上分别标记阳性对照和阴性对照。

(5) 分别将 100 ml 阳性对照水样(灭菌水中接种 *E. faecalis*)和 100 ml 阴性对照水样(灭菌水)过滤后，用灭菌镊子将滤膜转移到已标记阳性对照和阴性对照的 MEA 平板培养基上。

(6) 将 MEA 平板于 37℃培养 4 h 后再置于 44～45℃培养 44 h。

(7) 记录观察结果。若菌落呈红色或栗色，为假定阳性菌——粪便肠球菌。记录总菌落数。

【实验报告】

记录实验结果，写出实验结论。

【思考题】

1. 思考为什么平板分离确认实验总选用 EMB 培养基，能否选用其他培养基。
2. 根据你的实验结果，你所检测的水是否可以饮用，为什么？

实验五 生态系统的观察与分析

【实验目的】

1. 学习取样方调查的方法。
2. 认识生态系统的结构和生态系统的能量流动。

【实验原理】

校园既是城市的子系统，又是一个相对独立的复杂生态系统，由校园的自然因素和社会因素构成。这些因素之间按照一定的形态结构和相互关系组成一个较特殊的城市校园生态系统。通过校园生态系统的调查分析，理解城市生态系统组成的复杂性及各生态系统要素之间相互的影响和可协调性，通过分析反映各因素之间的相互关系，理解城市生态系统。

【实验材料和用品】

实验用品

试剂：蒸馏水或冷开水，市售高效广谱杀虫剂。

器具：皮卷尺、米尺或 3 m 长作出刻度的木棍与竹竿，竹扦或木扦、绳子、放大镜、铅笔、记录本、旧报纸、塑料袋、带塞试管和广口瓶、镊子、毛笔、捕虫网、小铲、剪刀、培养皿、显微镜、载玻片、盖玻片、胶头滴管、药棉。

【实验方法与步骤】

一、观察与记录

1. 选点

在校园内选择一块茂盛的生长着杂草的地方为观察地点。用皮卷尺测量出它的面积(m^2)。

2. 分组观察校园小块草地生态系统,并做好记录

(1) 非生物的无机环境部分。

(2) 生物部分指生物群落,有生命成分。

各小组适当拉开距离、随机取样。量出 1 m^2 的草地,四角插上竹扦或木扦,用绳子围成方框,做成样方。在各边再按 25 cm 的间距插上扦子,把它划分为 16 个小块。按下列内容观察。

生产者:主要是能进行光合作用的绿色植物。生产者是生态系统的主要成分。观察样方内草本植物有多少种类,数一数种的数目和每一种的个体(植株)数;用目测找出草本植物中生长最繁茂、生物量最大、其投影覆盖面积最大的优势种是哪一种或哪两种,这一植物群落的名称便可以依此命名为某某或某某+某某群落。例如荠菜群落、藜群落、马兰群落、鸭跖草群落、早熟禾群落;婆婆纳+佛座群落、猪殃殃+牛繁缕群落等。量一量优势种最高个体和一般个体,从地面到主茎生长点的自然高度约为多少,注意观察草本植物株间的地面上有无苔藓、地衣和藻类,生长是否繁茂。

消费者:包括各种动物。从开始做样方时便应注意,有无蚱蜢、蟋蟀、蜘蛛等逸出,及时捕捉。见逸出而未能捉到的也要记录下来。注意观察植株上有无动物正在吃植物的茎叶,或有无被啮食的缺刻、孔洞,有无某种动物正在捕食其他动物的情况。仔细在样方内找一找草丛中有哪些昆虫,如蝗虫、螟虫、蛾和蝶的幼虫、蟠象、草岭、瓢虫等。有无蜗牛、蜘蛛、多足类等。尽可能地将见到的动物捕获,并把捕捉到的动物放在内有杀虫剂和药棉的带塞试管或广口瓶里装好。

分解者:主要是指细菌、真菌等营腐生生活的微生物。注意观察草丛中与地面上有无动植物的尸体、排泄物、残落物,和它们腐败的情况。用镊子拾取一些放在报纸里包好。用小铲取一些样方内的表层土壤,也用报纸包好。此外,还要注意观察草本植物上有无病害情况(如变色、斑点、猝倒或立枯、腐烂、萎蔫、畸形、霉状物、粉状物、瘢疹状物、颗粒状物、核状物、脓状物等);地面有无菌类生长;用小铲掘开土壤,注意有无蚯叫或其他无脊椎动物等,并随即将土壤平复。

3. 采集

用剪刀将样方内任意一 1/16 m^2 方格内全部草本植物从距地面约 2 cm 或 3 cm处剪下，放在塑料袋内。连同捕捉到的动物和报纸包一同带回实验室。

二、实验室分析

(1) 打开纸包，用镊子将所包之物摊开，用放大镜观察有无其他小型无脊椎动物。

(2) 分别取一些上述报纸所包之物，各放于一培养皿中，注入一些蒸馏水或冷开水，浸没。各取 1～2 滴浸液，分别置于载玻片中央，加盖玻片后用显微镜观察。在低倍镜下看看有无真菌、藻类、原生动物、线虫、节肢动物和其他无脊椎小动物。再在高倍镜下看看，能否见到各种形态的细菌。

(3) 求出这一小块草地上可收割的草本植物地上部分的干重(g)。各组用架盘天平称出在 1/16 m^2 上收割来的草本植物地上部分之鲜重，填写在黑板上，取平均值，乘以 16，再乘以草地总面积(m^2)数得出其鲜重。一般中生植物的含水量为 70%～80%，以其鲜重乘以 100%～70%，便可求出干重。

(4) 求出这一小块草地可捕获的草食动物(初级消费者)的干重(逃逸者可估量算入)。各组分别将从 1 m^2 上捕捉到的草食动物检出，用架盘天平称出鲜重，填写在黑板上。取平均值，乘以草地总面积(m^2)数得出其鲜重。

(5) 求出这一小块草地上可捕获的肉食动物(次级消费者)的干重。

【实验报告】

根据观察，作出校园内小块草地生态系统中各捕食链及其交织联成的食物网示意图。

【思考题】

观察后想一想，什么是生态系统？它的组成成分有哪些？

附　录

附录一　生物绘图方法

一、生物绘图的基本要求

(1) 具有高度的科学性,不得有科学性错误。形态结构要准确,比例要正确,要求有真实感、立体感,精确而美观。

(2) 图面要力求整洁,铅笔要保持尖锐,尽量少用橡皮。

(3) 绘图大小要适宜,位置略偏左,右边留着注图。

(4) 绘图的线条要光滑、匀称,点要大小均匀,圆而整齐,根据需要灵活掌握疏密变化。一般用圆点衬阴,表示明暗和颜色的深浅,给予立体感。不能用涂抹阴影的方法代替圆点。线条要一笔画出,粗细均匀,光滑清晰,接头处无分叉和重线条痕迹,切忌重复描绘。

(5) 绘图要完善,字体用正楷,大小要均匀,不能潦草。注图线用直尺画出,间隔要均匀,且一般多向右边引出,图注部分接近时可用折线,但注图线之间不能交叉,图注要尽量排列整齐。

(6) 绘图完成后在绘图纸上方要写明实验名称、班级、姓名、日期,在图的下方注明图名及放大倍数。

二、生物绘图的方法

生物绘图的方法有多种,最常见的是点点衬阴法和线条衬阴法。点点衬阴法即将图形画出后,用铅笔点出圆点,以表示明暗和深浅,给予立体感。在暗处点要密,明处要疏,点要均匀。点点要从明处点起,一行行交互着点,物体上的斑纹描出再点点衬阴,不能用涂抹阴影的方法以代替点点。线条衬阴法又称涂抹阴影法,是依靠线条的疏密来表示阴暗和深浅。

三、生物绘图的步骤

(1) 绘图前认真地观察标本,搞清实物标本的结构特点,切忌抄书或凭空想象。

(2) 用 HB 铅笔轻轻将图轮廓画出,作为草图要掌握好比例和位置。

(3) 在草图的基础上绘详图,此时要用 2H 和 3H 铅笔,线条要流畅,点要匀称,点线不要重复描绘。

(4) 按注图要求绘图,写上图名及班级、姓名、放大倍数等。

附录二　显微测微尺的使用

为了测量被观察微小物体的长度,可用测微尺进行测量,并计算其长度。常用的测微尺有目镜测微尺和台式测微尺两种,两种测微尺必须配合使用。

1. 目镜测微尺

目镜测微尺为一块圆形的薄玻璃片,直径为 20～21 mm,正好能放入目镜的镜筒内,其上面刻有不同形式的标尺。这种放在目镜内的测微尺有直线式和网格式两种(附录图 1),直线式又分"十"字形和"一"字形两种。直线式测微尺总长 10 mm,分为 10 大格 100 小格。网格式测微尺常用来测量面积或计数。

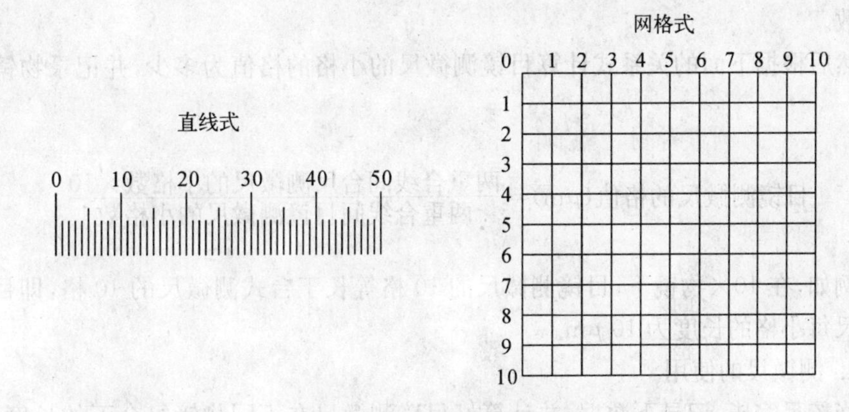

附录图 1　目镜测微尺类型

2. 台式测微尺

台式测微尺是一种特制的载玻片,在中央有一个有刻度的标尺,为直线式标尺,全长为 1 mm,分为 10 大格共 100 格,每小格长度为 0.01 mm,即为 10 μm(附录图 2)。

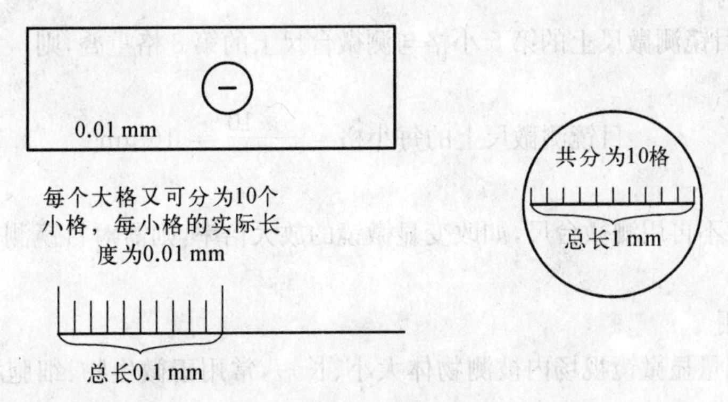

附录图 2　台式测微尺图示

3. 安装与校尺

先将目镜测微尺从盒中取出擦净，再将目镜取下，并将目镜盖旋下，轻轻将圆玻璃标尺装入目镜镜筒中部的铁环上，盖上镜盖后插入显微镜镜筒，观察标尺是否水平或垂直，可以旋转目镜调整。

目镜测微尺装好后不能立即使用，因为它的长度标准会因物镜的倍数改变而改变，必须在某一物镜下用台式测微尺来校尺。当更换另一个物镜时，必须再次校尺。使用时最好先将 4×、10×、40×物镜分别校尺，并做好记录。具体测量时要细心，看清物镜的倍率。

校尺时，在某一物镜下将台式测微尺放在载物台上，调整后在目镜的视野中要能见到两标尺平行排放。若不平行，则要慢慢旋转目镜，使之平行。观察两种标尺的大格刻度，发现两种标尺的大格子有两处完全重合对齐时，记录下两者各自的小格子数。

然后根据下面的关系式计算目镜测微尺的小格的格值为多少，并记录物镜的倍率：

$$\text{目镜测微尺的格值}(\mu\text{m})=\frac{\text{两重合线间台尺测微尺的小格数}\times 10}{\text{两重合线间目镜测微尺的小格数}}$$

例如，在 10×物镜下，目镜测微尺的 10 格等长于台式测微尺的 10 格，即目镜测微尺每小格的长度为 10 μm。

4. 测微尺的使用

当校尺完毕，记录下数据，并计算好目镜测微尺在不同物镜组合下的长度后，取下并收起台式测微尺，然后就可以使用目镜测微尺进行测量了。把装有花粉、孢子、孢子囊或单细胞的玻片放入载物台，观察各物体在目镜测微尺下的长度，不要忘了乘以每小格的格值。

5. 举例

例如，目镜测微尺上的第 5 小格与测微台尺上的第 8 格重叠，则

$$\text{目镜测微尺上的每小格}=\frac{8\times 10}{5}=16\ \mu\text{m}$$

测量时不再用测微台尺，如改变显微镜的放大倍率，则需对目镜测微尺重新进行标定。

6. 应用

用来测量显微镜视场内被测物体大小、长短，常用于微生物、细胞大小的测定和计数。

附录三 果蝇饲料的配制与果蝇的饲养

果蝇(*Drosophila melanogester*)双翅目,果蝇科,果蝇属,完全变态。果蝇在20~25℃时,每12天左右可完成一个世代,生活史较短;繁殖能力强,每只受精的雌果蝇可产卵400~500个。果蝇在日常生活中随处可见,容易捕获,且培养果蝇的饲料来源广泛,价格便宜;果蝇常温下就可生长繁育,饲养容易;不同形态的突变型多达400个以上,便于观察分析;染色体数目较少($2n=8$),且唾腺染色体巨大,因此是遗传学研究中常用的实验材料。

一、果蝇饲料的配制

果蝇是以酵母菌作为主要食料,因此实验室内凡能发酵的基质都可用作果蝇培养基,果蝇常用的培养基有玉米粉、米粉和香蕉培养基等。

1. 香蕉培养基

将熟透的香蕉捣碎,制成香蕉浆(约50 g)。把1.6 g琼脂加到48 ml的水中煮沸,溶解后拌入香蕉浆,继续煮沸3~5 min。待稍降温后加入1 ml丙酸,充分调匀后分装于培养瓶中。使用前在培养瓶中加入适量干酵母粉或1~2滴酵母菌液。若作为临时培养果蝇用的培养基,可以直接剥去已熟透且已腐烂的香蕉或苹果的皮,把剥去皮的香蕉或苹果放入培养瓶中即可。

在培养基中加入丙酸的作用是抑制霉菌污染,但其对果蝇的生长也有一定的刺激性,过量则会抑制果蝇的生长。因此在配制培养基时可适当减少丙酸的用量。

2. 玉米培养基

将1.5 g琼脂捣碎放入38 ml的水中煮溶后,加入10 g白糖,制成琼脂糖混合物。再将9 g玉米粉和37 ml的水加热搅拌成糊状倾入正在煮沸的琼脂—糖混合物中,煮沸3~5 min。待稍降温后加入1 ml丙酸,或加入溶于95%乙醇的苯甲酸少许用以防腐。搅拌均匀后,将配好的培养基倒入经灭菌的培养瓶中,倾倒时应注意勿将培养基沾到瓶口或瓶壁上。用灭菌的纱布棉塞塞好瓶口,冷却待用。暂时不用的培养基应放入4℃冰箱中,或清洁阴凉处保存。使用前在培养瓶中加入适量干酵母粉或1~2滴酵母菌液。

3. 米粉培养基

将琼脂2 g加入到75 ml水中。加热煮沸溶解后再加入白糖10 g,米粉7 g(或麸皮),不断搅拌煮沸数分钟。稍降温后加入丙酸1 ml,调匀后分装到培养瓶中。使用前加少许酵母菌液或适量干酵母粉。培养基的厚度视用途而定。用于传代、杂交的培养基的厚度一般为1.5~2.0 cm;用于短时间培养或观察果蝇培养基的厚度一般为0.5~0.8 cm;用于保种培养基的厚度一般为2.0~2.5 cm。

二、果蝇的饲养

1. 引入果蝇

从恒温箱里取出已分装好培养基的培养瓶，如果瓶壁和培养基表面有水珠，应该用吸水纸吸干，以免果蝇入内被水珠黏住或溺死。把培养瓶瓶口对准收集器皿口，略倾斜，果蝇会爬上或飞入培养瓶中。一般每只培养瓶放养 10～20 只，塞好棉花塞，贴上标签，注明日期。然后将装有果蝇的培养瓶放入恒温箱，果蝇的培养温度以 25 ℃左右为宜。一般 3～4 周更换一次新的培养基。

2. 果蝇的接种

为了减少污染，接种最好在无菌操作室进行。接种前将无菌操作室用紫外灯照射 30 min 后，在超净工作台上接种，操作时将锥形瓶微侧用瓶底在操作台上轻敲，这样果蝇就会被震落到底部，这时迅速拔出棉塞将 2 个瓶口对接，新配置的培养基在下方，然后轻拍上方的培养。

3. 果蝇保种

保种做得好，可以减少接种的次数。为了减少刚接种的培养基长霉，接种后的 7 d 内，温度应控制在适宜果蝇生长的范围内（20～25℃），之后将温度调至 17～18℃（严格低于 20℃），1 瓶培养基可以培养 3 个月。如保种温度高于 20℃，果蝇生活力强，繁殖快，培养基消耗也快。温度低于 10℃，果蝇生活力低下，不宜保种。温度高于 30℃，会导致果蝇不育或死亡。盛夏应注意降温。

4. 果蝇复壮

由于果蝇长期在偏低的温度下保种，低温使其活力下降，许多性状出现退化，甚至变异，影响实验结果，因此每隔一定时期必须进行复壮。复壮方法为：用乙醚把果蝇麻昏，选择那些个体较大的、性状具有本品种特点的雌雄果蝇进行混合培养，再在产出的一代中又选择个体较大的、性状具有本品种特点的雌雄果蝇进行混合培养，如此进行 2～3 次，后代就能保持个体较大，又遗传了本品系性状的原种。

5. 果蝇饲养过程中应注意的事项

(1) 整个培养过程中果蝇的生存空间不能有凝结的水滴存在，水滴会黏住果蝇翅膀而令其死亡。一旦发现，可以用消毒棉球将水滴吸干。

(2) 培养基变形、发霉或者太干太湿时要及时更换。如果培养基中有幼虫和蛹，羽化后就要立即转瓶。

(3) 培养基一般每 3 周应更换一次。18℃保种时，可以稍久一些再更换。瓶内的果蝇密度不要太大，要注意及时分瓶培养。

(4) 培养基发霉是果蝇培养最易出现的问题，其原因是多方面的，要以预防为主。一旦发霉后，真菌孢子到处飞扬，就很难处理了。具体措施是：培养果蝇所用的器皿要严格消毒；培养基要加入适量的防霉剂，如丙酸；接种过程尽量做到不交叉感染真菌孢子体;分装培养基后要趁热塞好棉塞,防止培养瓶冷却收缩倒吸受污染的空气直接入内。如果培养基已经发霉,由于霉菌孢子漂浮于培养瓶的整个空间,包括果蝇身上,如将此果蝇接种到新的培养基中,大约经过 4～5 d 培养基将会重新长出霉菌来,遇到该问题,解决的方法有两种:一是不再饲养这种长霉菌的果蝇,重新饲养未长霉的果蝇;二是采取措施杀死果蝇身上的霉菌。孢子杀霉菌方法为:将带有霉菌孢子的成蝇倒入空培养瓶中,棉塞上倒适量的 75%酒精,再将瓶口塞紧,酒精具有挥发性,挥发后的酒精充满整个瓶内,从而将果蝇身上的霉孢子杀死。在操作上应注意两点:一是倒在棉塞上的酒精量要适量,过多果蝇易醉昏,过少杀不死霉菌孢子;二是果蝇呆在空瓶内的时间要恰当,以 2 天为宜。

附录四　甲状腺素对蝌蚪变态的影响

【实验目的】

1. 了解甲状腺对动物发育的影响。
2. 掌握激素对动物生长发育的调节。

【实验原理】

蛙类的受精卵发育成蝌蚪,再发育成幼蛙,这个过程称变态发育,一般需要 2 个多月的时间。蝌蚪的生长发育,除了受温度、食物、氧气等外部条件的影响外,还受甲状腺和脑下垂体分泌的激素等内部因素的影响。若甲状腺分泌的甲状腺素过少,蝌蚪的发育就会受到阻滞。适量地增加甲状腺素,就能促进发育,使蝌蚪变成幼蛙的时间缩短。我们采用对照的实验方法,分别饲养不投药、投甲状腺激素药、投甲状腺抑制剂的蝌蚪,对比观察甲状腺激素的多少对蝌蚪生长发育影响。

【实验材料和用品】

1. 实验材料

蝌蚪(同种、同时孵化而来,大小相同),鱼虫(用以喂食)。

2. 实验用品

药品:甲状腺激素药,甲状腺抑制剂(甲巯咪唑)。

器具:洁净玻璃鱼缸 3 个,新鲜水草,坐标纸 1 张(每小格 1 mm×1 mm),培养皿 1 个(用来测量蝌蚪的体长),鱼网 1 个,研钵和杵(用于研磨药片)。

【实验方法与步骤】

1. 将3个洁净玻璃鱼缸，编号为1、2、3号，分别倒入2 000 ml池塘水。在鱼缸内分别投放等量水草(保证水中有充足的氧)，然后分别放入生活力强的小蝌蚪各6条。

2. 每两天换一次水，保证每次换水后的水量相同。1号缸不加入任何药品(对照组)；2号缸投入甲状腺激素药5 mg；3号缸投入甲状腺抑制剂5 mg。以后每天投药一次，连续两周，药量同上。每天向各鱼缸内投入等量的活鱼虫饲喂。

3. 每天观察一次，用小网将蝌蚪捞出放在培养皿中，再将培养皿放在坐标纸上测量其体长，观察其形态变化、前后肢生长情况及尾的变化等。要特别注意2号缸内蝌蚪形态的变化，并做好相关观察记录。

【实验报告】

连续观察两周，把每次观察、测量到的结果记录在下表中。

蝌蚪变化记录表

天数 / 变化 / 鱼缸号	(单位：mm)	1	2	3	4	5	6	7	8	9	10	11	12	13	14
1号	体长														
	前肢														
	后肢														
	尾														
	死亡														
2号	体长														
	前肢														
	后肢														
	尾														
	死亡														
3号	体长														
	前肢														
	后肢														
	尾														
	死亡														

附录五　花卉快速繁殖方法

【实验目的】

1. 了解不同植物材料的茎尖或叶片的快速繁殖方法。

2. 掌握不同材料经过茎尖培养途径或愈伤组织再分化途径，获得较多试管苗的技术。

【实验原理】

植物的快速无性繁殖是指以合适的外植体为起始材料，在无菌条件下，通过合适的培养技术，利用多层集约化培养架，在有限的空间快速生产大量植株的技术。试管苗快速繁殖过程中，从外植体形成再生植株有不同的再分化途径，要受到植物材料基因型、外植体来源、年龄、部位、生理条件、培养基种类、附加成分和培养室环境的影响。所以选择外植体要注意以下几个方面：① 选择合适的、最易发生细胞分裂的部位，如茎尖、节间等；② 要考虑组织外植体的来源是否有保证，是否容易成活；③ 考虑外植体经过脱分化后，产生的愈伤组织是否容易发生不良变异，这直接影响培养出来的后代植株是否适合应用于生产。

【实验内容】

1. 每个实验小组取一种植物材料，如非洲蝽蜞菊、富贵竹、兰猪儿、非洲紫罗兰、绿巨人红掌、非洲菊等的茎尖或叶片进行表面消毒，也可以用试管苗，或通过种子培养得到的无菌苗。查阅参考资料或咨询老师，了解实验材料离体培养的现状、培养基配方和培养条件，也可以自己设计诱导生芽培养基和增殖培养基的配方和培养条件。

2. 详细写出培养基配方、外植体消毒、接种和培养条件等操作步骤。记录在不同培养天数试管苗芽发生和生长的情况。

3. 观察不同培养基在一定天数内，芽的分化和生长情况，通过图表或照片，记录外植体数目、诱导后芽发生的数目、新芽的长度等，计算繁殖系数。注意外植体的生理状况与生芽的关系。详细记录培养的光照、温度等培养条件。

4. 在充分考虑外植体内部条件的基础上，也要考虑：① 改变培养基的各种成分，如改变无机盐、糖、维生素的浓度和种类。因为培养基就好比土壤，能提供营养，合适的营养是试管苗生长良好的基本条件。② 改变植物生长物质的种类和浓度以及各种类之间的配比，植物生长物质决定着外植体分化的途径。③ 改善培养条件，如温度、光照、光质、光周期、培养基 pH、培养基通气条件等。只有满足了外植体在试管中生长的各种条件，才能提高试管苗的繁殖速度。同时，也可以从下面三种情况考虑设计实验。

(1) 从细胞分裂素 6－BA、CPPU、玉米素或 KT 中选出一种成分，在不同浓度下或与其他生长物质搭配，观察对芽发生的影响，确定适宜的浓度。

(2) 用 2～3 种植物的试管苗材料，用相同的生芽培养基在同样的培养条件下培养，比较细胞分裂素对芽发生和生长的作用。

(3) 用 1 种试管苗接种于相同配方的增殖培养基中，放置在不同培养条件(如光照、温度、培养基中是否添加活性炭等)下，观察芽发生和生长的变化。

【思考题】

如何促进某一种花卉快速繁殖，并解释实验现象。

附录六　土壤中微生物分离纯化培养方法

【实验目的】

1. 了解从土壤中分离纯化微生物的基本原理及常用方法。
2. 掌握倒平板的方法和几种分离纯化微生物的基本操作技术。

【实验原理】

不同种类的微生物绝大多数都是混杂在一起的，当我们希望获得某一种微生物时，就必须从混杂的微生物类群中分离它，以得到只含有某一种微生物的纯培养，这种获得纯培养的方法称为微生物的分离纯化。为了获得某种微生物的纯培养，一般是根据该微生物对营养、pH、氧等条件要求不同，而供给它适宜的培养条件，或加入某种抑制剂造成只利于此微生物生长，而抑制其他微生物生长的环境，从而淘汰其他一些不需要的微生物，再用相应的方法分离纯化该微生物，直至得到纯菌株。

常用的分离纯化方法有单细胞挑取法、稀释涂布平板法、稀释混合平板法、平板划线法等。

【实验材料和用品】

1. 土壤：校园土。
2. 培养基：高氏 1 号琼脂培养基，肉膏蛋白胨琼脂培养基，马丁氏琼脂培养基。
3. 试剂：10％酚，链霉素。
4. 器材：盛 9 ml 无菌水的试管，盛 90 ml 无菌水并带有玻璃珠的三角烧瓶，无菌玻璃涂棒，无菌吸管，接种环，无菌培养皿。

【实验方法】

1. 稀释涂布平板法

(1) 倒平板　将肉膏蛋白胨培养基、高氏1号琼脂培养基、马丁氏琼脂培养基融化，待冷至55～60℃时，向高氏1号琼脂培养基中加入10%酚数滴，向马丁氏培养基中加入链霉素溶液，使每毫升培养基中含链霉素30 μg。然后分别倒平板，每种培养基倒三皿。其方法是：右手持盛培养基的试管或三角烧瓶，置火焰旁边，左手拿平皿并松动试管塞或瓶塞，用手掌边缘和小指、无名指夹住拔出，如果试管内或三角烧瓶内的培养基一次可用完，则管塞或瓶塞不必夹在手指中。试管(瓶)口在火焰上灭菌，然后左手将培养皿盖在火焰附近打开一缝，迅速倒入培养基约15 ml，加盖后轻轻摇动培养皿，使培养基均匀分布，平置于桌面上，待凝后即成平板。也可将平皿放在火焰附近的桌面上，用左手的食指和中指夹住管塞并打开培养皿，再注入培养基，摇匀后制成平板。最好是将平板放置室温下2～3 d，或37℃培养24 h，检查无菌落及皿盖无冷凝水后再使用。

(2) 制备土壤稀释液　称取土样10 g，放入盛90 ml无菌水并带有玻璃珠的三角烧瓶中，振摇约20 min，使土样与水充分混合，将菌分散。用一支1 ml无菌吸管从中吸取1 ml土壤悬液注入盛有9 ml无菌水的试管中，吹吸三次，使其充分混匀。然后再用一支1 ml无菌吸管从此试管中吸取1 ml注入另一盛有9 ml无菌水的试管中，以此类推制成10^{-1}、10^{-2}、10^{-3}、10^{-4}、10^{-5}、10^{-6}稀释度的土壤溶液。

(3) 涂布　将上述每种培养基的三个平板底面分别用记号笔写上10^{-4}、10^{-5}和10^{-6}三种稀释度，然后用三支1 ml无菌吸管分别由10^{-4}、10^{-5}和10^{-6}三管土壤稀释液中各吸取0.2 ml对号放入已写好稀释度的平板中，用无菌玻璃涂棒在培养基表面轻轻地涂布均匀。

(4) 培养　将高氏1号培养基平板和马丁氏培养基平板倒置于28℃温室中培养3～5 d，肉膏蛋白胨平板倒置于37℃温室中培养2～3 d。

(5) 挑菌　将培养后长出的单个菌落分别挑取接种到上述三种培养基的斜面上，分别置28℃和37℃温室中培养，待菌苔长出后，检查菌苔是否单纯，也可用显微镜涂片染色检查是否是单一的微生物，若有其他杂菌混杂，就要再一次进行分离、纯化，直到获得纯培养。

2. 稀释混合平板法

此法与稀释涂布平板法基本相同，无菌操作也一样，所不同的是先分别吸取0.5 ml 10^{-4}、10^{-5}和10^{-6}稀释度的土壤悬液对号放入平皿，然后再倒入融化后冷却到45℃左右的培养基，边倒入边摇匀，使样品中的微生物与培养基混合均匀，待冷凝成平板后，分别倒置于28℃和37℃温室中培养后，再挑取单个菌落，直至获得纯培养。

3. 平板划线分离法

(1) 按稀释涂布平板法倒平板，并用记号笔标明培养基名称。

(2) 在近火焰处划线，左手拿皿底，右手拿接种环，挑取上述 10^{-1} 的土壤悬液一环在平板上划线。划线的方法很多，但无论哪种方法划线，其目的都是通过划线将样品在平板上进行稀释，使之形成单个菌落。常用的划线方法有下列两种。

方法一：用接种环以无菌操作挑取土壤悬液一环，先在平板培养基的一边作第一次平行划线 3～4 条，再转动培养皿约 70°角，并将接种环上剩余物烧掉，待冷却后通过第一次划线部分作第二次平行划线，再用同法通过第二次平行划线部分作第三次平行划线和通过第三次平行划线部分作第四次平行划线。划线完毕后，盖上皿盖，倒置于温室培养。

方法二：将挑取有样品的接种环在平板培养基上作连续划线。划线完毕后，盖上皿盖，倒置温室培养。

(3) 挑菌，其方法同稀释涂布平板法，直至获得纯培养。

【思考题】

1. 如何确定平板上某单个菌落是否为纯培养？请写出实验的主要步骤。

2. 如果要分离得到极端嗜盐细菌，在什么地方取样品为宜？并说明理由。

附录七　昆虫、植物标本的采集与制作

【实验目的】

1. 熟悉采集和制作昆虫、植物标本所需的工具和用途。

2. 掌握昆虫、植物标本采集、制作的常用方法。

【实验原理】

从事动植物分类学的教学和研究，必须要采集动植物标本，而且要采集符合规格的标本，以便研究和教学之用，如果标本不符合要求，就无法鉴定，就无保存价值，采集和制作合格的标本必须遵循一定的规则。

【内容与方法】

一、昆虫标本的采集与制作

(一) 昆虫标本的采集

1. 采集工具

(1) 捕虫网　　采集昆虫的主要工具，由网圈、网杆和网袋组成。有条件的话，可用轻质材料制成可伸缩的杆和能折叠的网圈，便于携带。

(2) 采集盒　用白铁皮或牛皮制成直角三角形盒子，盒口装一个能活动的翻盖，无采集盒时，也可用普通腰带来代替。

(3) 三角纸袋　最好用光滑的半透明纸来制作，也可用光滑的白纸代替，折成等腰直角三角形(附录图3)，采集时1袋1虫，装袋前写明采集时间、地点和采集者。若在山区，应标明采集点的海拔高度。

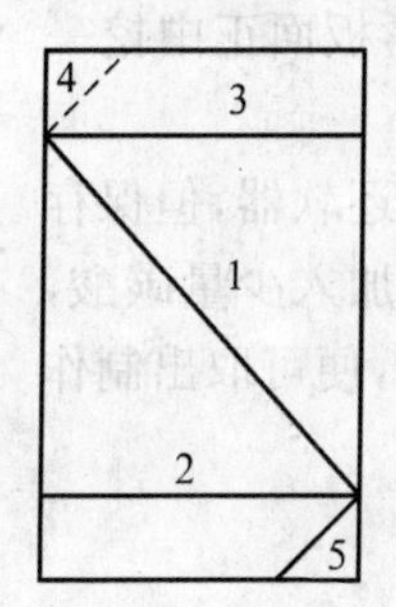

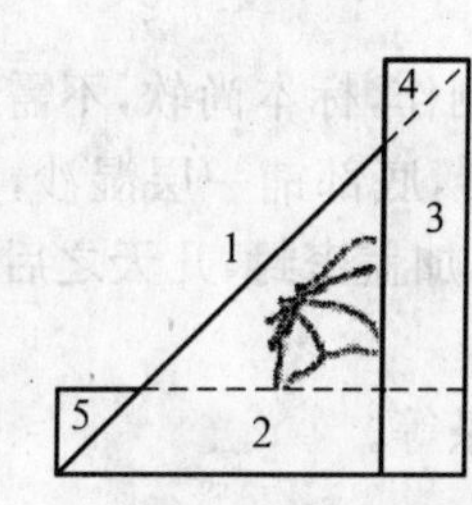

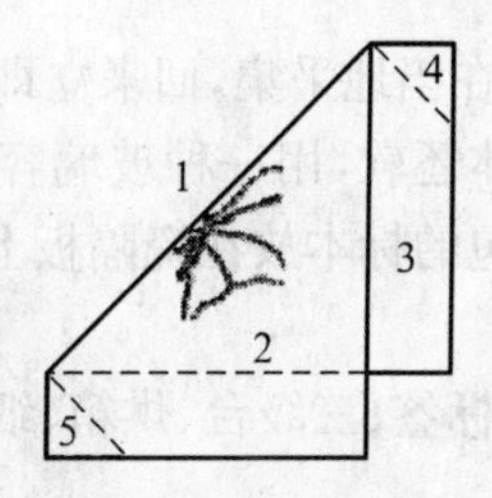

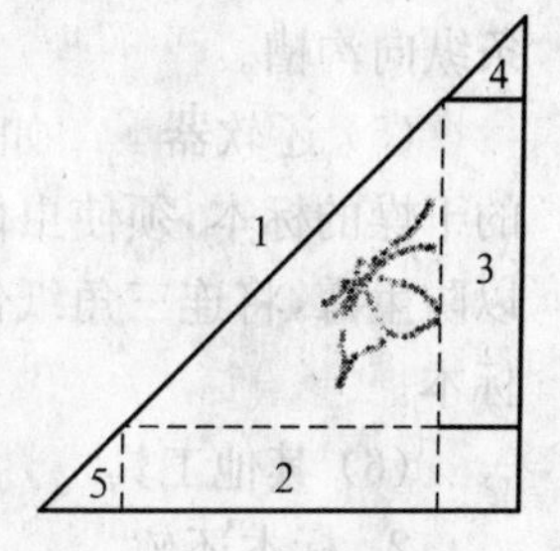

附录图3　三角纸袋折叠法

(4) 毒瓶　用广口玻璃瓶或塑料瓶(须有能密封的瓶盖)，放入食粮(10～50 g)氰化甲小块或粉末，再放一层木屑，用玻璃棒将木屑压紧再在上面加上一层石膏糊即可。也可用三氯甲烷或乙醚制成简易毒瓶。

2. 采集时间

昆虫种类不同，各类昆虫有其不同的生活习性，采集蝴蝶，大批蝴蝶成虫在5、6月份出现，9:00～11:00最为活跃，是一天中最好的采集时间。而早、晚则是弄蝶和环蝶活动的活跃时间。采集蛾类和甲虫，每年晚春至秋末，是其活动季节，因其有趋光性，则在夜间用灯光进行诱捕。

3. 采集地点

昆虫分布极广，各类昆虫有其不同的生活环境，采集的地点也就不同，对于甲虫来说，高山枯木是其喜爱场所，总体来说，林区多于平原农田区，山区以阔叶林为最多。炎热的中午，在溪边避热的蝴蝶较多，在沟谷或山涧缺口处往往有多种蝴蝶穿飞，可守株待兔。

4. 采集方法

对甲虫、蛴象、蝉、蝗虫等，可用观察法、搜索法、击落法和引诱法加以捕捉，放在毒瓶中杀死，然后分装在三角纸袋中。对飞翔的蝴蝶或蜻蜓等，用捕虫网捕捉，等其入网后，顺势将网折转，隔网用拇指和食指捏紧蝴蝶的胸部使其窒息死亡。有的蝴蝶可用引诱的方法捕捉，引诱材料根据不同的蝴蝶种群可放烂果、粪便、尿水等，也可在蝴蝶喜到的地方，将先捕到的蝴蝶捏死后放下，引诱同类前来。

（二）昆虫标本的制作

1. 制作工具

（1）小剪刀和小镊子　　小剪刀备作剪纸条用，小镊子宜细，用集邮用的镊子或眼科医生用的镊子。

（2）昆虫针　　不锈钢制，以4、3、2号用途最广，针尾连一小球，便于手拿。

（3）大头针　　用以临时固定纸条用。

（4）展翅板　　可用泡沫塑料板，板面须平滑，厚度约40 mm，板面正中挖一条纵向沟槽。

（5）还软器　　如在当地采集，回来立即制作，标本尚软，不需还软器，但保存的干燥的标本，须使虫体还软，用一种玻璃容器，底部铺一层湿沙，加入少量碳酸，以防生霉，将连三角纸包的标本放在瓷隔板上，加盖密封，几天之后，便可取出制作标本。

（6）其他工具　　标签、三级台、烘箱、纸条等。

2. 标本还软

甲虫或蝴蝶可用还软器按照上述还软方法还软，另外，还软蝴蝶还可将虫体和触角放在开水中浸几秒钟，或用医用注射器将开水注入虫体胸部，稍等片刻，即可还软展翅。

3. 标本制作方法

（1）插针法　　取已还软的标本，根据虫体大小选择适当的昆虫针，昆虫针插入方向应与虫体纵轴垂直，昆虫针尾部在胸部背面处留出8 mm。不同昆虫插针的部位不同(附录图4)。经插针后的标本，插在塑料板制成的整姿台上，将触角和足的姿势加以整理，使其保持自然姿态，整好之后用大头针加以固定，然后放入烘箱烘干，取出后，将针插入已写好的标签上。

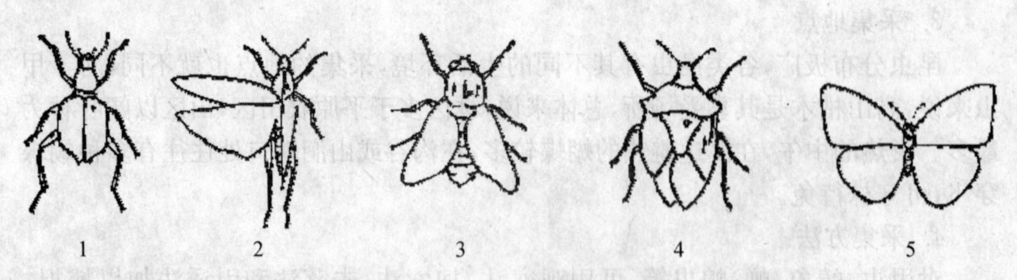

附录图4　各种昆虫的插针位置

1. 甲虫类；　2. 直翅类；　3. 蚊蝇类；　4. 蝽类；　5. 蛾蝶类。

插针后用三级台定高，中小型昆虫可直接从三级台的最高级小孔中插至底部，大型昆虫可将针倒过来，放入三级台的第一级小孔中，使虫体背部紧贴台面，其上部的留针长度是8 mm(附录图5)。插在软木板和黏在台纸(较厚的白板纸)上的微小昆虫，参照中小型昆虫针插标本定高。

(2) 展翅法　蝴蝶、蛾类等标本要用展翅法固定。将蝴蝶用昆虫针固定在展翅板(附录图 6)上，使蝴蝶身体处于沟槽中，用镊子分开翅膀，两边各用纸条压住，再用细虫针轻拨翅脉较粗的部位，将其整理成飞翔的自然姿态，一般上翅与身体保持垂直，后翅前缘多少被前翅后缘盖住，这样后翅暴露面最广，使蝴蝶整体保持最优美的状态。将标签附插在旁边，以免弄错。最后放入烘箱中烘干或阴干，取下后插上标签即可。

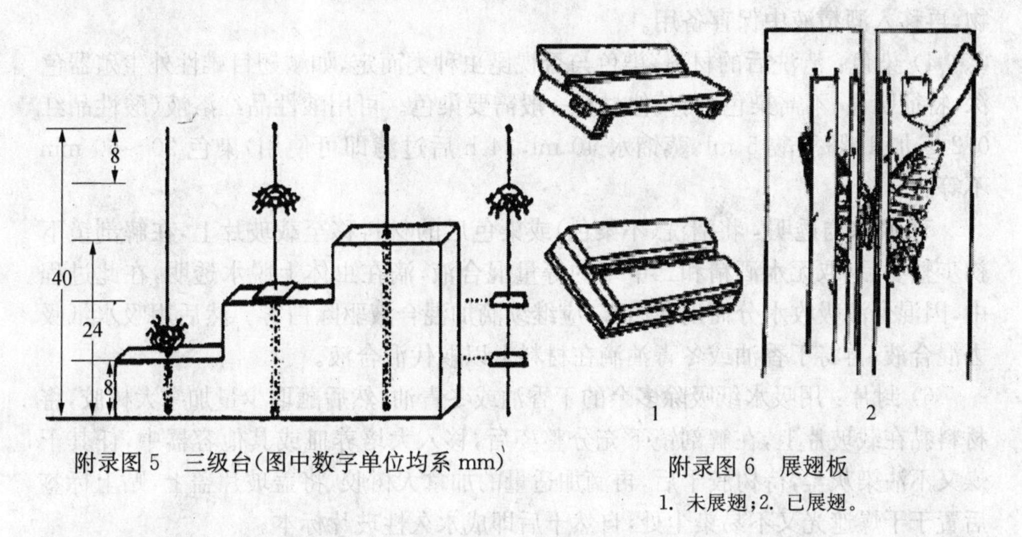

附录图 5　三级台(图中数字单位均系 mm)

附录图 6　展翅板

1. 未展翅；2. 已展翅。

(3) 浸渍标本　昆虫的卵、幼虫、蛹，以及体软的成虫和螨类都可制成浸渍标本。活的昆虫，特别是幼虫在浸渍前，要饥饿一至数天，然后放在开水中煮一下，使虫体伸直稍硬，再投入浸渍液内保存。常用的浸渍液有以下几种。

酒精液：常用浓度为 75%，或加入 0.5%～1%的甘油。小形或软体的昆虫，可先用低浓度酒精浸渍 24 h，再移入 75%酒精液中保存。酒精液在浸渍大量标本后的半个月，应更换一次，以保持浓度。

福尔马林液：用福尔马林(含甲醛 40%)1 份和水 17～19 份配制而成。用于保存昆虫的卵。

醋酸—白糖液：用冰醋酸 5 ml、白糖 5 g、福尔马林 5 ml、蒸馏水 100 ml 混合配制而成。对于绿色、黄色、红色的昆虫在一定时间内有保护作用，但浸渍前不能用水煮。

(4) 玻片标本　微小昆虫(如蚜虫、蓟马、赤眼蜂)、螨类及虫体的一部分(如雄性外生殖器、蝶蛾类的翅相)等，往往要制成玻片标本，放在显微镜下才能看清细微特征。其制作步骤如下。

1) 材料准备：蚜虫、蚧壳虫、蓟马、赤眼蜂、螨类等微小种类一般都采用整体制片，活虫用70%酒精固定几小时。对成虫的外生殖器制片，可取下成虫的腹部；如果是稀有标本，可捏住腹部末端稍挤压，将生殖器挤出，或从腹面剪开，取出外生殖器后，再捏合腹部，使其复原。

2）碱液处理：将材料从保存液中捞出，放入5%～10%的氢氧化钠或氢氧化钾溶液中，直接加热或隔水加热；或置于80℃温箱中，经5～60 min不等，以材料基本透明为度。不宜加热太久，避免材料损坏。

3）清洗：将碱液处理过的材料，移入蒸馏水中，反复清洗多次，除去碱液和脏物，再移入酒精液中保存备用。

4）染色：清洗后的材料，染色与否视昆虫种类而定，如鳞翅目雄性外生殖器色深，特征明显，不需染色；而其他材料一般需要染色。可用酸性品红溶液（酸性品红0.2 g，加10%盐酸5 ml、蒸馏水40 ml，24 h后过滤即可使用）染色20～60 min不等。

5）脱水与透明：将清洗（不染色）或染色后的材料移至载玻片上，在解剖镜下初步整姿后，取无水酒精和二甲苯的等量混合液，滴在虫体上脱水透明，在此过程中，因混合液吸收水分而出现白雾，应继续滴加混合液驱除白雾。然后用吸水纸吸去混合液，再将丁香油或冬青油滴在材料上以取代混合液。

6）封片：用吸水纸吸除多余的丁香油或冬青油，然后蘸取少量加拿大树胶，将材料黏在载玻片上，在解剖镜下充分整姿后，移入大培养皿或其他容器中，任其干燥又不沾染灰尘，待树胶干后，再滴加适量的加拿大树胶，将盖玻片盖上，贴上标签后置于干燥遮光又不易染尘处，自然干后即成永久性玻片标本。

（三）昆虫标本的保存

1. 保存的设备

（1）标本盒　存放昆虫成虫的标本盒用玻璃盖木盒，周围裱漆布，盒底衬软木或泡沫塑料，盒内一角放一樟脑块，周围斜插昆虫针使其固定。

（2）标本厨　木制，两截对开门式，抽屉底部可贮大量熏蒸杀虫剂或去湿剂。

（3）保存所用药品　生石灰、樟脑块、酒精、石碳酸、敌敌畏、二甲苯等。

2. 保存注意事项

（1）防潮防霉　在标本盒或橱内放吸湿剂或室内装抽湿机，若标本已经发霉，可用无水酒精与石碳酸混合液（7∶3）以软毛笔刷洗，也可直接用无水酒精刷洗。

（2）防鼠防虫　防鼠比较容易，防虫则注意标本盒盖要严密，少开，盒内随时保持驱虫剂或杀虫剂浓烈的气味。若有已生虫的标本，则用药棉浸敌敌畏原液，置于标本盒内，盖上盒盖，熏蒸几天，可杀死蛀虫。

（3）防尘防阳光　盒子少开，密闭，灰尘落入自然少；门窗少开，窗上加帘子,防止阳光直接照在标本上,可延长因日照褪色的时间。

(4) 为了保护标本免受损坏,最好随时检查并每年 1～2 次用药剂熏蒸。

(四) 昆虫的饲养

昆虫的种类繁多,其生活环境及生活习性差异很大,饲养方法也不一样,现以甲壳虫为例进行简要介绍。如果孩子感兴趣的话,可以和他到野外寻找甲壳虫,带回家饲养一下。

(1) 取一透明的带盖的有机玻璃笼子,放入大约 10 cm 高的蓬松土壤(幼虫的食物是由叶子腐烂发土),便于甲壳虫的潜入。

(2) 放入牛攀颈等枝条让它们停靠休息。

(3) 放入过多的雄性,可引起争斗,最好一个笼子雌雄各放两只。

(4) 甲壳虫的食物有苹果、香蕉、菠萝、蜂蜜(在水中放入蜂蜜、砂糖等用来喂养),每天都要更换新鲜的饲料。

(5) 土壤的表层变干了,用喷壶喷湿土壤。

(6) 如果雌虫产下了卵,试着喂养一下。

二、植物标本的采集与制作

(一)植物标本的采集

1. 采集植物标本的常用工具

(1) 标本夹　是压制标本的主要用具之一。它的作用是将吸湿草和标本置于其内压紧,使花叶不致皱缩凋落,而使枝叶平坦,容易装订于台纸上。标本夹用坚韧的木材为材料,一般长约 43 cm,宽 30 cm,以宽 3 cm、厚约 5～7 mm 的小木条,横直每隔 3～4 cm,用小钉钉牢,四周用较厚的木条(约 2 cm)嵌实。

(2) 枝剪或剪刀　用以剪断木本或有刺植物。

(3) 高枝剪　用以采集徒手不能采集到的乔木上的枝条或陡险处的植物。

(4) 采集箱、采集袋或背篓　临时收藏采集品用。

(5) 小锄头　用来挖掘草本及矮小植物的地下部分。

(6) 吸湿草纸　普通草纸。用来吸收水分,使标本易干。最好买大张的,对折后用订书机订好。其装订后的长约 42 cm,宽约 29 cm。

(7) 记录簿、号牌　用以野外记录用。

(8) 便携式植物标本干燥器　用以烘干标本,代替频繁地换吸水纸。

(9) 其他　如海拔仪、地球卫星定位仪(GPS)、照相机、钢卷尺、放大镜、铅笔、等用品。

2. 植物标本的采集

(1) 标本的选取　采集标本时,草本植物必须具有根、茎、叶、花或果,木本植物必须是具有花或果的标本。如果有用部分是根和地下茎或树皮,也必须同时选取少许压制。标本的大小不应超过 35 cm×25 cm。为了应用和交换，每种植物至少要采集 3～5 份。然后拴好号牌，尽快放入采集箱内。要用枝剪来采集标本，不能用手折，因为手折容易伤树，摘下来的压成标本也不美观。

(2) 特征的记录　标本编号后，认真进行观察，将特征记录在采集记录卡上，记录时要注意下列事项(附录表 1)。

1) 填写的采集号数必须与号牌相对应。

2) 性状一栏填写乔木、灌木、草本或藤本等。

3) 胸高直径是指从树干基部向上 1.3 m 处的树干直径，一般草本和小灌木不填。

4) 栖地是指路边、林下、林缘、岸边、水里等。

5) 叶主要记载背腹面的颜色、毛的有无和类型、是否具乳液等项。

6) 花主要记载颜色和形状、花被和雌雄蕊的数目。

7) 果实主要记载颜色和类型。

8) 树皮记载颜色和裂开的状态。

9) 土名、科名、学名等如当时难以确定，可在返回后经鉴定后填写。

附录表 1　植物标本采集记录卡

采集号数		采集人	
地　点		海　拔	
栖　地			
性　状			
高　度		胸高直径	
茎			
叶			
花			
果　实			
土　名		科　名	
学　名			
日　期			
备　注			

(3) 不同的植物标本应作不同的采集方法，有以下几种。

1) 木本植物：应采典型、有代表性特征、带花或果的枝条。对先花后叶的植物，应先采花，后采枝叶，应在同一植株上。雌雄异株或同株的，雌雄花应分别采取。一般应有 2 年生的枝条，因为 2 年生的枝条较一年生的枝条常常有许多不同的特征,同时还可见该树种芽鳞的有无和多少,如果是乔木或灌木,标本的先端不能剪去,以便区别于藤本类。

2）草本及矮小灌木,要采取地下部分如根茎、匍匐枝、块茎、块根或根系等,以及开花或结果的全株。

3）藤本植物：剪取中间一段,在剪取时应注意表示它的藤本性状。

4）寄生植物：须连同寄主一起采压。如菟丝子寄生在大豆上,采菟丝子时应连同大豆一同采下,并且将寄主的种类、形态、同被采的寄生植物的关系等记录在采集记录上。

5）水生植物：很多有花植物生活在水中,有些种类具有地下茎。有些种类的叶柄和花柄是随着水的深度而增长的。因此采集这种植物时,有地下茎的应采取地下茎,这样才能显示出花柄和叶柄着生的位置。但采集时必须注意有些水生植物全株都很柔软而脆弱,一提出水面,它的枝叶即彼此粘贴重叠,携回室内后常失去其原来的形态。因此,采集这类植物时,最好整株捞取,用塑料袋包好,放在采集箱里,带回室内立即将其放在水盆中,等到植物的枝叶恢复原来形态时,用一张旧报纸,放在浮水的标本下轻轻将标本提出水面后,立即放在干燥的草纸里好好压制。

6）蕨类植物：采生有孢子囊群的植株,连同根状茎一起采集。

采集标本的同时应做好野外记录,如植物产地、生长环境、性状、花的颜色和采集日期等。

(二) 植物标本的制作

植物标本的种类很多,其中以腊叶标本和浸制标本最为常见。腊叶标本是将带有叶、花和果实的植物枝条或其全株,经过整理、压平、干燥、装贴而制成的一种植物标本。这种已干燥的植物标本便于长期保存,供植物分类学的教学和研究使用。浸制标本是指用一些化学药品配制成溶液来浸泡、固定与保存植物标本,多数植物肉质果实的标本均采用此法保存。

1. 腊叶标本的制作

(1) 换纸整形　把标本夹的一面放在桌上,上面铺几层吸水性强的纸(吸水纸或旧报纸),在上层均匀地撒一层硅胶细粉末,粉末上再放几层吸水纸,然后将采集来的去污除杂的标本放在吸水纸上,加以整理。对过于重叠的枝条要适当修剪,花叶要展平,并能展示叶片的背腹面,以便于观察研究,较长的标本可以折成“N”字形。如有些标本的根比较粗大,压制的时候应该用纸把枝叶部分垫起来,垫的高度与粗大的部分相等,以免叶子受不到压力而皱缩。有硬刺的植物(如皂荚)压制时要先用木板把硬刺压平,再放到标本夹里压制(免得扎坏其他标本),然后盖上几层纸。这样,每件标本隔着几层纸,层层积累起来,积累到一定数量的时候,就把标本夹的另一面压上,将两面标本夹用绳子缚紧,拿到阳光下晾晒。标本压制的最初

3～4 d，每天要换纸 1～2 次，以后适当减少换纸次数，直到标本干燥为止。标本不可直接放在太阳底下晒，否则易破损。换下来的湿纸放在室外晒干或晾干后可反复使用。

(2) 标本的消毒　待标本干燥后，将其放入消毒室或消毒箱内，再将盛有敌敌畏或四氯化碳的玻璃皿，置于消毒室或消毒箱内，利用气熏法杀死标本上的虫卵。约 3d 后即可取出装帧。

(3) 装帧与贴标签　把已干燥的标本放在台纸(长宽约为 36 cm×26 cm 左右)上，注意标本的花枝不可太近台纸的边缘，否则易碰坏。固定的方法可用线缝，也可用透明胶、双面胶或胶水将标本粘贴固定在台纸上。

(4) 加盖衬纸　一般选用半透明纸，既可防潮又耐摩擦。衬纸的大小与台纸等同，只是固定的一端稍长出台纸 45 mm，将长出的部分折到台纸的背面并用胶水黏平。

每件腊叶标本必须附有标签，通常贴在台纸的右下角。标签的内容一般有：采集号、科名、种名、拉丁名、经济用途、采集者姓名、鉴定者、产地、采集时间等。

2. 浸制标本的制作

(1) 普通防腐浸渍液　将标本放入 70%酒精或 5%福尔马林溶液中。若标本上浮，可用线将标本固定在玻片或玻棒上。标本瓶加盖密封。

(2) 保持绿色浸渍液

1) 醋酸铜液：将结晶的醋酸铜逐渐加入到 50%醋酸中，直到不溶解为止，将原液加水稀释至 3～4 倍，加热煮沸，然后将标本放入，随之叶绿素被漂去，约 3～4 min后，绿色又逐渐恢复，直到接近原来的本色。之后，将标本取出并用清水冲洗，最后保存在 5%的福尔马林或 70%的酒精中。

2) 硫酸铜浸渍液：

甲液：1%～10%硫酸铜溶液。

乙液：将 2.1 g 亚硫酸钠溶于 100 ml 水中，再缓慢加入浓硫酸 16 ml，即成亚硫酸钠液。制作时，将标本放入甲液中浸 24～28 h，用清水浸泡 6 h 以上，保存于乙液中。用该种方法保存标本无须加温，可避免绿色果实在沸水中崩裂。

(3) 几种有色果实标本的浸渍液

1) 红色果实标本的浸渍液：

甲液：水 400 ml，甲醛 4ml，硼酸 3 g。

乙液：用 0.5%或 0.2%的亚硫酸溶液加硼酸少许。果实在甲液中浸泡的时间，因果实颜色的深浅而不同，通常在果皮由红色变褐色时即可取出放入乙液中保存。

2) 黄色、褐色、橘红色果实浸渍液：如橘、梨、胡萝卜、番茄及红辣椒等，可直接浸泡在 0.2%～0.3%亚硫酸中，能基本保持其原色原形。

3) 黑色果实(如黑葡萄)浸渍液：甲醛 20 ml,饱和盐水 30 ml,蒸馏水 150 ml,少许甘油。

附录八　生态规划方法

【实验目的】

1. 掌握生态规划的一般原则,培养生态规划意识。
2. 学习生态规划的编制方法。

【实验原理】

生态规划方法,即运用生态学原理,综合地、长远地评价、规划和协调人与自然资源开发、利用和转化的关系,提高生态经济效率,促进社会经济可持续发展的一种区域发展规划方法,也即人类在一定区域范围内为使环境与经济社会协调发展而对自身活动和环境所做的时间和空间的合理安排。生态规划的定义规定了生态规划的目的和科学性的要求。近年来,人们逐步认识到生产与经营活动必须同环境承载力协调一致,因而在开展各种经济活动时,应根据当地生态系统的结构与功能,对生态系统进行全面规划,从而在建设工程的实施中贯彻可持续发展的总体思想。

【实验材料】

规划区域的基础资料,生态系统调查的资料,经济与社会发展规划,行政区划图,地质地貌图,农业、林业区划图等。

【实验方法】

1. 制定生态规划的程序

制定生态规划的工作程序大致可分为规划准备、调查报告、规划方案研究、编制规划报告、规划审查和批准实施等步骤。调查研究是整个规划的基础工作阶段。规划方案研究是规划草案形成的过程,是规划的核心阶段。在规划方案研究与编制规划报告之间要经过一个内审过程,若内审通过,可正式编制规划报告,否则还需返回做补充调查研究。规划审查和批准实施是规划成果履行规定的行政手续而被实施的过程。

2. 生态规划的内容

(1) 环境现状的调查与评价　　社会经济现状调查;污染源调查与评价;环境质量现状调查与评价;生态环境调查与评价;环境效应调查与评价;生物多样性与自然保护现状调查与评价。

(2) 社会经济发展对环境影响的预测　　社会经济发展分析;"三废"排放量预测;环境质量预测;生态环境问题发展趋势分析。

(3) 生态功能区的划分与发展目标的确定。

(4) 区域环境污染总量控制规划　　大气污染物总量控制规划;水污染物总量控制规划。

(5) 工业发展结构与合理布局规划　　根据一定区域社会经济发展规划和总体规划,对一定区域工业规划方案进行行业污染特征分析;结合总体规划的工业用地方案,根据一定区域环境条件和拟发展工业的行业污染特征,进行环境影响论证分析,从环境保护角度提出区域工业发展适宜结构和合理布局规划意见;开展总量控制研究的一定区域,可以从总量优化利用角度,对一定区域工业发展规划进行优化论证,根据论证分析提出区域合理的产业结构与布局规划;提出的工业结构和布局规划意见,要与城镇建设总体规划和社会经济发展规划协调、平衡、统筹考虑。

(6) 制定环境污染防治规划　　水污染防治规划;大气污染防治规划;制定固体废物处理、处置规划;环境噪声污染规划;重点行业、企业污染防治规划。

(7) 制定生态环境保护规划　　城镇饮用水源保护规划;郊区粮果渔菜生产基地保护规划,配合主管部门共同认定郊区粮果渔菜生产基地,根据其性质和级别,划定保护范围,确定保护目标和要求,制定防止污染损害的措施;绿色规划,根据区域的功能、性质、自然环境条件与文化历史传统,因地制宜地编制区域绿化数量和绿化层次、结构的总体规划,以及区域园林和公共绿地绿化、道路绿化、生活小区绿化、工业小区和厂区绿化等规划;区域风景旅游、名胜古迹、人文景观资源保护规划,配合主管部门,共同规划区域内的风景旅游、名胜古迹、人文景观等重点保护对象,确定其性质、类型和保护级别,提出保护要求,划定保护范围,制定保护措施。

(8) 制定区域环境管理规划：规划主要内容有建立和健全区域环境管理组织机构的规划意见,区域范围环境质量常规监测以及重点污染源动态监测的规划意见,区域实施各项环境管理制度的规划设想,区域环境保护投资规划建议等。